怨呪白妙

斎姫繚乱

宮乃崎桜子

講談社X文庫

怨呪白妙《おんじゅのしろたえ》——目次

「怨呪白妙」の主要登場人物

源《みなもとの》 義明《よしあきら》
大内裏《だいだいり》に出仕《しゅっし》する貴族。四位《しい》・蔵人権頭《くろうどごんのとう》。
武芸の鍛練《たんれん》の結果、破魔《はま》の能力《ちから》を持つ。

宮《みや》（陽姫・夜生輝《ヨウキ》）
「神の子」を自称する内親王《ないしんのう》。

香久夜《かくや》
〈夜の世界〉のモノ。月の姫。
藤原重家《ふじわらのしげいえ》
若くして出家した義明の親友。
貴子《たかこ》
義明を慕《した》う従妹《いとこ》。
源 義時《よしとき》
義明の末弟。

イラストレーション／浅見《あさみ》　侑《ゆう》

怨呪白妙《おんじゅのしろたえ》

斎姫繚乱《いつきひめりょうらん》

夜風が竹を揺らす。
細い葉が触れ合って、幽《かそけ》き音がさやさやと鳴り渡る。
野宮《ののみや》の夜は暗く、寂しいほど静かだ。
皇女《ひめみこ》は寝所《しんじょ》でひとり、その音を聞いていた。
耳慣れた寂しい音に、ふいに、バサリッと、羽音らしきものが交じる。
「……？」
夜なのに森の寝床に帰れなかった鳥が、迷い込んだのだろうか。
床板を鳥が歩くような、頼りない足音が聞こえ、皇女は身を起こした。
夜風に、几帳《きちょう》の帷子《かたびら》が揺れていた。
月のある夜は外のほうが明るく、帷子は白っぽく透けて見える。
と、その帷子に影が映った。
その場に突然現れた影は、ゆっくりヒトの形になる。
(誰……命婦《みょうぶ》……？)
尋ねようとしたけれど、声が出なかった。
御簾《みす》が揺れる音がして、几帳の陰から何者かが寝所に入り込む。
真っ黒い姿に見えたのは、逆光のせいばかりではなかった。
それは、長い黒髪を束ねもせずに垂らした、黒装束の男だった。

男が、じわりと歩み寄る。

皇女《ひめみこ》は全身を強張《こわば》らせ、男を見上げた。

貌《かお》はよく見えないが、若く精悍《せいかん》な青年だとわかる。

掌《たなごころ》に、嫌な汗が滲《にじ》んだ。

皇女は十四歳。二年前、伊勢《いせ》の斎 宮《いつきのみや》に卜定《ぼくじょう》され、以来男子禁制の潔斎《けっさい》の日々を送っているけれど、俗世では己も男たちの欲望の対象になりうることは知っていた。

青年の冷たい手が、皇女の肩を摑《つか》んだ。

摑まれた肩が、痛い。

(いや……だめ……)

身体《からだ》が震えて抗《あらが》うこともできないまま、広い胸に抱きしめられる。

かすかに湿った獣臭がして、嫌悪感《けんおかん》に息が詰まった。

(……助けて……誰か……神様っ)

そのときだった。

祈りが通じたのだろうか。

『お退《さ》がりなさい、下郎《げろう》――』

神々《こうごう》しい声とともに、夜空にカッと稲妻《いなずま》が走り……青年は黒い烏《からす》の姿で、バサバサと飛び去った。

一　野宮詣《ののみやもう》で

雲ひとつない、晴れ渡った午下《ひるさ》がり。

二条《にじょう》の屋敷の開け放たれた寝殿《しんでん》に、屈託のない明るい声が響き渡る。

「それでは、兄者《あにじゃ》、今度は俺と一緒に馬で遠駆けでもしよう」

自分を兄と呼ぶこの男を、当主の源　義明《みなもとのよしあきら》は病床に身を起こした状態で、少々複雑な気持ちで眺めていた。

男は、義明の異母弟、源義時《よしとき》だ。

身の丈は義明と似たようなものだが、鍛え抜かれた逞《たくま》しい腕や脚は倍もあろうかというほど太い。まだ初夏だというのに狩衣《かりぎぬ》の衿《えり》をだらしなく寛《くつろ》げて、袴《はかま》を括《くく》り裸足《はだし》の脛《すね》を出して座った姿は、とても貴族の子弟とは思えないありさまだ。

それでも、さほど見苦しいとも感じずに側《そば》にいられるのは、やはり長年兄弟として一緒に暮らしていたからなのだろうか。

兄がそんなことを考えているとも知らず、義時は続ける。

「昔よく一緒に見た景色でも見れば、きっと何か思い出すだろうし……まぁ、思い出せなくても、遠駆けは気持ちいいぞ、兄者《あにじゃ》」

「まあまあ、義時様、そんなに急《せ》かされるものではありませんよ。お殿様はようやく回復なさって、こうして起きていられるようになられたばかりなのですから」

廂《ひさし》に控えていた年配の女房《にょうぼう》が、苦笑しながらたしなめた。女房が乳母《めのと》のごとき口を利《き》くのも、この弟を幼少の頃から見知っているからにほかならない。

そんな当たり前のことを、義明はひとつひとつ頭の中で確認していた。

義明には、昨年の冬以前の記憶が、ひとつもないのだ。

目覚めたとき、義明は自分の名さえ忘れて横たわっていた。

周囲の人々に教えられ、己がこの屋敷の主《あるじ》で四位《しい》の蔵人《くろうどの》権頭《ごんのとう》であることを知った。

体軀《からだ》が思うように動かなかったのは、その直前に重傷を負って死にかけていたからなのだと、あとから聞かされた。それにしては傷らしい傷も残っていないのだが、体力の衰えようは当初の自覚よりはるかに深刻で、なるほど死にかけたというのもあながち嘘《うそ》ではないのかもしれないと思えるようになった。

ただ、どうしてそんなことになったのか、詳しい事情は聞いていない。

今はまだ、それどころではないのだ。

己自身のことも周囲の人々のことも、何ひとつ覚えていないのだから。まずはそれらを思い出し、あるいは知識として理解するのが先決だ。

そういう意味でも、こうして見舞いに来ては屈託なくいろいろな話をしてくれる弟の存在はありがたかった。

「遠駆けの前に、そろそろ一度、殿が生まれ育った一条源家《いちじょうみなもとけ》を訪ねてみてはいかがであろうか。のぅ、義時殿?」

隣室の御簾《みす》の向こうから、細く美しい声がした。

御簾から透けて見えるほど近くに、小柄な女人《にょにん》が座っている。

義明が目覚めて最初に見た、美しい女人だ。

この女人が先帝の異母妹宮《いもうとみや》で、義明の妻であることさえ、目覚めたときの義明はきれいさっぱり忘れ去っていた。妻なのだと知らされてからも、こんなに美しい妻を忘れてしまうなどということがありうるのだろうかと半信半疑の義明だ。

半信半疑なのには、ほかにも理由がある。

妻なのだと言いながらも、この宮《みや》は夜になれば義明の側《そば》を離れ、東の対屋《たいのや》の寝所《しんじょ》に引きこもってしまうのだ。夫婦《めおと》ならば、この寝殿《しんでん》でともに寝起きするのが普通ではないだろうか。自分のことは忘れてしまっていても、そんな社会的な通念や常識は、漠然とながら義明の頭に残っていた。

はじめのうちは、怪我人《けがにん》である義明に遠慮して寝所を分けているのだろうかと考えてみ

たのだが、そういうわけではないらしい。どうやら義明が負傷する以前から、夫婦《めおと》としての営みは皆無だったようだ。しかも、自分は妻を「宮様」と呼んでいたというのだから、普通の夫婦ではありえない。

どういうことなのか尋ねたかったけれど、そうでなくても義明にはわからないことばかりで……訊《き》きにくいことはズルズルと後まわしにして、今に至っている。

(政略結婚だったのかもしれない)

(それでも、近寄るのもイヤなほど嫌われてるってわけじゃなさそうだから……)

よけいなことを尋ねて宮に避けられてしまうよりは、今のままでいい。

そんな消極的な気持ちも、胸の内にある。

「そうだな……今の兄者《あにじゃ》なら顔色もよくなったし、この姿なら、もう母上に見せてもよけいな心配をかけることはないだろうからな。どうだ、兄者、これから俺と一緒に帰ってみるか?」

「……帰る?」

「この屋敷は、兄者が義姉上《あねうえ》と結婚するときに移り住んだものだからな。その前は、親父《おやじ》や俺たちと一緒に実家の一条源家で暮らしてたんだ。懐《なつ》かしい柱の傷とか、ガキのころ登った古い桑の木も残ってるぞ」

記憶を呼び戻すよすがになればと思って言ってくれているのだろう。

義明自身、早くすべてを思い出したいと望んでいるのだが、なぜかいまいち気が進まなかった。まだ体力が完全に戻っていないせいかもしれない。

そんな義明の気持ちを察してくれたのか、宮が苦笑交じりに言う。

「義時殿は、せっかちで困る」

「なんだよ……義姉上《あねうえ》がおっしゃるから、俺も賛同しただけではないか」

「だからと申して、今からでは……殿とて、身支度も心の準備も必要であろうに」

「自分の家に帰るのに、心の準備など要《い》るものか」

義時は意地っ張りな童子のように口を突き出してそう言ったが、記憶をなくした兄にしてみればじつの両親でも初対面のようなものなのかもしれないと思い至り、それ以上の反論はしなかった。

義明は、この妻と弟のやりとりを、少しおもしろくない気分で眺めていた。

言葉の端々に反感のようなものを滲《にじ》ませながらも、ふたりの会話はどこか楽しげに弾んで聞こえる。特に宮の口調は、義明に対するものよりずっと親しげで……これが弟でなければ嫉妬《しっと》してしまいそうだとさえ思う。

「ふたりは、仲がよいのだな」

「……どこがじゃ？」

「冗談じゃないぞ、兄者《あにじゃ》っ」

反論の息まで合っている。

それでも義明が本気で嫉妬《しっと》せずにすんでいるのは、御簾《みす》越しに感じられる宮の視線のせいかもしれない。宮はしばしば、とても気遣わしげに義明を見る。体躯《からだ》を心配してのことなのかもしれないが、それはけっしてほかの者には向けられることのない、せつなく真摯《しんし》なまなざしなのだ。

と、そこへ若い女房《にょうぼう》が現れ、東廂《ひがしびさし》にひざまずいて言う。

「ご歓談中、失礼いたします。お殿様、ただ今、参議《さんぎ》の源頼定《よりさだ》様がお見舞いにおみえになられるとの先触れがございました。こちらにお通ししてよろしいでしょうか」

「参議の……？」

義明は困って、尋ねるように宮を見た。

「源宰相《げんのさいしょう》頼定殿は、かつて頭中将《とうのちゅうじょう》として殿の上司でもあった御仁《ごじん》じゃ」

村上帝《むらかみてい》の孫で先帝や今上帝《きんじょうてい》の従兄弟《いとこ》であることや、最近では義明の昔馴染《むかしなじ》みである藤《ふじ》原重家《わらのしげいえ》の妹を妻にしたばかりであることなど、語るべきことはたくさんあるのだが……一度に言っても混乱させるだけだろう。宮は必要最低限の説明だけで口を閉じた。

「おっと、それじゃ、俺はそろそろおいとまするとしよう」

来客と聞いた義時が、遠慮して腰を浮かせた。

それから、何か心残りがあるらしく義明を振り返り、言いにくそうに口ごもる。

「じつは……こんなときに兄者《あにじゃ》に言うのも、どうかとは思うのだが……」

「なんだ？」

「うん。じつは貴子《たかこ》が……ああ、貴子っていうのは兄者の従妹《いとこ》で、もともと皇太后彰子《こうたいごうしょうし》様の女房《にょうぼう》だったのを、中宮妍子《ちゅうぐうけんし》様に貸し出されていたのだが……それが今度、また皇太后様に呼び戻されたらしいんだ。それだけなんだが……とりあえず、兄者にも知らせておいたほうがいいかと思って」

「……そう……なのか」

義明は曖昧《あいまい》にうなずいた。

本来の義明であれば、この話からだけでも皇太后彰子の身に何かただならぬ異変が起きているのではないかと案じるところだった。

だが、今の義明には、まったく事情が把握できない。ただ、皇太后と中宮という高貴な女人《にょにん》を渡り歩いて仕えているという貴子に対し、さぞかし有能な女房なのだろうという感想を抱《いだ》いたにすぎなかった。

義明の鈍い反応に、やはり言うだけ無駄だったのだと肩を落とした義時は、あきらめて思い切りよく腰を上げる。

「じゃ、兄者、また来るよ。そのうち家《うち》に来る気になったら、連絡をくれれば俺が迎えにきてもいいし……ま、当分はゆっくり養生してくれ」

そう言って義時が出ていくと、宮は見送るそぶりであとを追った。

そして、義明の寝所《しんじょ》から充分離れたあたりで、そっと呼び止める。

「義時殿……さっきの話だが……」

「あぁ？　ああ、貴子のことか」

「何かあったのであろう？」

尋ねられ、義時は少し困ったように烏帽子《えぼし》ごと頭《こうべ》を掻《か》いて言う。

「何か……と言えるほどはっきりしたことではないのだ。ただ先日、貴子から聞きかじった話では、近ごろ皇太后《こうたいごう》様の夢枕《ゆめまくら》に斎宮《いつきのみや》様が立って恨み言を言うらしいのだ」

「斎宮……というと、今上《うえ》の第一皇女当子内親王《おうじょとうしないしんのう》のことか？」

「詳しいことは知らんが、ほかにいないだろう？」

当子内親王は今上帝《きんじょうてい》の第一皇女で、母は皇后娍子《こうごうせいし》。二年ほど前に伊勢《いせ》の斎宮に卜定《ぼくじょう》され、昨年から嵯峨野《さがの》に造営された野宮《ののみや》で潔斎《けつさい》の日々を送っている。

斎宮は、帝《みかど》に代わって伊勢の神に仕える「神の御杖代《みつえしろ》」の巫女《かんなぎ》で、賀茂《かも》の斎院《いつきのいん》と同様に斎王《いつきのみこ》とも呼ばれる。未婚の内親王や女王《ひめ》から卜定によって選ばれ、まずは大内裏《だいだいり》の初斎院《しょさいいん》で潔斎の日々を過ごし、その後、伊勢に向かうまでの一年ほどを野宮で修練を重ねて神に仕えるべく備えるのだ。

「だが……これから神に仕えようという皇女《ひめみこ》が、生霊《いきりょう》になるとは思えぬな。しかも相手が皇太后では、恨むほどの付き合いもあるまいに……」

「そんなことまでは、俺にはわからんが……とにかく、それで貴子が呼び戻されたってことだけは伝えておきたかったんだ。なぁ、義姉上《あねうえ》……これは、何か物騒なことの前触れじゃないよな？」

「心配か？」

意地悪く尋ねられ、義時は巨体に似合わぬ困惑の表情をして、言い訳のように言う。

「え……そ、そりゃあ、貴子は身内だからな。兄者《あにじゃ》だって、記憶をなくしてなけりゃ、心配して皇太后《こうたいごう》様の御所《ごしょ》に駆けつけただろう？」

「……そうかもしれぬな」

うなずくものの、宮はあまり真剣に受け止めてはいなかった。

ヒトはしばしば夢に意味を見出《みいだ》したがるが、実際はほんの少し寝苦しいだけでも悪夢を見てしまうことがある。そんなものまで怨霊《おんりょう》のせいにして怯《おび》えているのだとすれば、それは本人の心の問題だ。

（ただ……皇太后は、見かけによらず肝《きも》の座った女人《にょにん》だ。つまらぬことで愚かしく怯えるとも思えぬが……）

そうは思うが、しょせん彰子もヒトにすぎない。見間違いや勘違いはあるだろう。

それだけのことと決めつける宮に、義時はそれ以上言い募ることもできず、肩を落として帰っていった。

そんな義時をろくに見送りもせずに宮が寝殿《しんでん》に戻ると、脇息《きょうそく》に寄りかかっていた義明が、微笑《ほほえ》んで言う。

「わざわざ見送ってくださるなんて、やはり仲がよいのですね」

「…………」

当惑する宮に代わって、宮の乳母《めのと》だというふくよかな女が不服そうに口を挟む。

「姫様は、お殿様の弟君だからとお気を遣っておいでなのでございますよ」

以前の義明なら、宮と義時の言い合いを見てもそんなふうには言わなかった。記憶がないのだから仕方のないことなのかもしれないが……。

(本当に、記憶がないだけなのであろうか……)

そう思うと胸が不安に曇ったけれど、宮は小さく頭《かぶり》を振ってその考えを打ち消した。

先走って心配しても、どうなるものでもない。

そうするうちにも中門《ちゅうもん》のほうから何やら声が聞こえ、宮は深く考え込んではいられなくなった。

どうやら、例の客が到着したようだ。

参議《さんぎ》の源頼定は、すぐに寝殿《しんでん》の南廂《みなみびさし》に通された。

しっとりと着馴《きな》れた直衣《のうし》に烏帽子《えぼし》という、いかにも高貴な公卿《くぎょう》らしい姿で、優雅に高麗《こうらい》縁《べり》の畳に座る。若い頃は美しい貴公子で通っていたのであろう目鼻立ちも、三十代なかばと思われる現在では目許《めもと》口許に皺《しわ》が見えるが、それもまた積み重ねた歳月の証《あかし》であって見苦しくはなかった。

相手が公卿《くぎょう》では、さすがに病床に迎えるのは失礼であろうと、義明は烏帽子《えぼし》を被《かぶ》って上《うわ》衣《ぎ》を羽織り、病床を隠す几帳《きちょう》の前に座って頭《こうべ》を垂れる。

「わざわざのお越し、ありがとうございます。このような見苦しい姿で、申し訳ありません」

「いやいや、楽にしてくれ。じつは今日は二条の南院《みなみのいん》に立ち寄ったので、そのついでと申しては言葉が悪いが、帥宮《そちのみや》様も心配しておられたので、こうして参ったのだ」

南院の帥宮敦康親王《あつやすしんのう》は先帝の第一皇子《おうじ》で、名目上は宮の甥《おい》にあたり、以前は義明も帥宮のところへ足しげく出入りしていた。昨年その帥宮の正室になった琴姫《ことひめ》は、頼定の姪《めい》なのだった。

「それにしても……もう起き上がれるようになったと聞いて参ったのだが、かえって無理をさせてしまうようだな。私にはかまわず、横になっていてよいのだぞ」

きさくに言ってくれるのは、親しい間柄だったからなのか、あるいは頼定がそういう性格であるのか、はたまた口先だけの社交辞令であるのか……わからないまま義明は曖昧《あいまい》にうなずいた。こんなとき、記憶がないというのは不便なもので、相手の真意がわからないうえに適当な世間話で間をもたせることすらできない。

さすがに見かねた宮が、隣室の御簾《みす》越しに頼定に語りかける。

「帥宮《そちのみや》様や琴姫様は、お元気であられたか？」

「ああ、女宮様もそちらにおいででしたか。ご挨拶《あいさつ》もいたさず、失礼いたしました」

頼定は御簾のほうに身体《からだ》ごと向き直り、相好《そうごう》を崩した。すると、高貴な公卿《くぎょう》らしい上品な貌《かお》にわずかに好色そうな笑みが交じったが、それは義明を不快にさせるほど生々しい表情ではなかった。

義明は忘れてしまっているが、頼定は高貴な女人《にょにん》に目がない色男で、かつては美しいと噂《うわさ》の宮にひと目会いたいとせがんでは義明を困らせていた人物だったのだ。

だが、その頼定も、先帝の未亡人となった承香殿女御《しょうきょうでんのにょうご》を妻にしてからは、ずいぶん落ち着いたようだ。宮の声をじかに聞けて嬉《うれ》しそうにするものの、さすがにもう口説く言葉は出てこない。

「おふたりともお元気でしたよ。南院でのお暮らしにも慣れられて、睦《むつ》まじく暮らしておられるごようすで、こちらまで微笑《ほほえ》ましい気持ちになりました」

「それは何よりじゃ」

宮は相槌《あいづち》をうち、それからしばらく南院を話題に頼定と言葉を交わした。

他人との他愛《たわい》ない会話を楽しむ習慣などない宮は、当初、義明に頼定の話し相手が務まらないのだから仕方がないと覚悟して話をしていた。

世間的には、義明はただ怪我《けが》で療養していることになっているのだ。記憶がないことを隠しているわけではないのだが、身内以外に言い触らすようなことでもないのでまだ職場の蔵人所《くろうどどころ》にも報告していなかった。

一方、頼定はといえば、落ち着いたとはいえ本来の女好きの性格が変わったわけではない。深窓の奥方であるはずの宮と話ができるだけでも楽しくて、義明の口数が少ないのはまだ体調がすぐれないせいなのだろうと、深く考えることもないまま有意義な「見舞い」の時間をすごしていた。

やがて、話は琴姫の母である頼定の姉妹のことに及んだ。そして。

「姉妹といえば、先帝の御代《みよ》の伊勢の斎宮《いつきのみや》様も、宰相《さいしょう》殿の……」

「ええ、そちらは妹の恭子《きょうし》のほうです。先帝が崩御なされる以前に、父の喪のために退下《たいげ》いたしましたので……帰京してから、もう三年近くになりますが」

伊勢へ向かうときは華やかな群行《ぐんこう》で人目を引く斎宮だが、帰京の際はあまり注目を集めることがない。身内の喪を理由に退下したのであれば、なおのことだ。

「帰京なされたことは噂《うわさ》では伺っておったが、もう三年になるのか。伊勢での暮らしが長かったのであろうに、都には馴染《なじ》まれたであろうか？」

「はい、お陰様で。先日訪ねたおりは、もうじき伊勢にお発《た》ちになられる野宮《ののみや》の皇女《ひめみこ》様より、伊勢の話を聞きたいからと招かれたと申しておりました」

「伊勢の話を……」

社交辞令のつもりで会話を進めていた宮の胸が、その言葉にトクンと高鳴った。

そして。

「私も……野宮にご一緒させてはいただけまいか」

言ってしまってから、宮は自分の言葉に驚いて双眸《そうぼう》を見開いた。

頼定も驚いたようだったが、すぐに思い出して納得する。

「あ……ああ、たしか女宮様のお母上も、伊勢の斎宮《いつきのみや》をお務めになられた方でしたね」

かつて伊勢の斎宮だった宮の母は、その地の思い出を語ることもないまま、乳飲み子の宮を残して早世してしまっていた。そのせいもあるのだろう、伊勢は宮にとって、見たこともない、遠いゆえに憧《あこが》れるばかりの地なのだ。

頼定は快くうなずいて言う。

「恭子には私から話をしておきますよ。明日にでも野宮に伺うようなことを申しておりましたゆえ、こちらに立ち寄ってご一緒できれば、行き帰りの道中も寂しくないと喜ぶことでしょう」

思いのほか簡単に話が進んでしまい、宮は内心とまどったのだけれど、

(義時殿も、皇太后《こうたいごう》の夢枕《ゆめまくら》に斎宮がどうのと申しておったのだったな)

話が重なったのはただの偶然だろうが、せっかくの機会だから野宮《ののみや》の新しい斎宮《いつきのみや》に会っておくのも悪くはないと思う。

「……では、よろしくお取り計らいください」

宮はそう言って、御簾《みす》越しの頼定に形ばかり頭《こうべ》を垂れた。

「お任せください」

頼定は頼もしげにそう言うと、それから少しばかり他愛《たわい》ない話などをして、上機嫌で帰っていった。

宮は軽く吐息を漏らし、頼定にはすっかり忘れ去られていた義明の側《そば》に寄って苦笑する。

「とんだ見舞いであったな。殿も疲れたであろう、床に戻って寝《やす》まれるがよい」

「さほど疲れはしませんでしたが……」

そう言いつつも、義明は宮が手を貸してくれるままに立ち上がって、寝床へと戻って横になった。本当は体力のほうはずいぶん回復していて、あのまま起きていてもかまわないくらいだったのだが、宮が心配してくれるのが嬉《うれ》しくて、つい病人ぶって手を借りてしまったのだった。

横になっても眠くはならず、傍《かたわ》らの宮と何か話していたかった義明は、深く考えもせず

に思いついたまま口を開く。

「伊勢の斎宮《いつきのみや》様といえば……今度の斎宮様は、今上《うえ》の皇女《ひめみこ》様なのだそうですね。奈良《なら》の昔ならいざ知らず、近ごろでは、今上帝《きんじょうてい》の皇女様が選ばれるなんて珍しいことですよね。まして、皇后《こうごう》様がお産みになられた皇女様だなんて」

宮は、ギクリとして義明を見下ろした。

義明が「奈良の昔」の例を引いて話をするとは思っていなかったのだ。聞き流そうとしたけれど、今を覚えていない義明なのに、昔のことは知っているのだろうかと疑問に思ってしまう。

（まさか……長屋王《ながやおう》の記憶が……？）

そんな宮の動揺に気づきもせず、義明は続ける。

「今回に限って皇后様腹の皇女様が卜定《ぼくじょう》されたのは、今上や皇后様に対する内覧《ないらん》殿の圧力なのだと……先日来の見舞い客の誰かから聞かされたのです。そんなふうに言われるほど、今上と内覧殿の関係は悪化しているのでしょうか」

「……どうであろうな。お互い、いろいろと不都合に思うことはあるだろうが、表立って敵対しておるわけではないのだし」

どうやら客から聞きかじった話をしているだけらしいとわかり、宮は、安堵《あんど》の息を吐きつつ言葉を濁した。

考えてみれば、長屋王の記憶なら、奈良の時代は「昔」ではなく「現在《いま》」のはずだ。

斎宮《いつきのみや》の選択については、義明が言うように道長《みちなが》の思惑が少なからず絡《から》んでいたことは想像に難《かた》くないが、今はそのことについて語る気になれない。

正直なところ、道長の思惑などどうでもいいのだ。

今の宮にとっていちばんの関心ごとは、義明が記憶を取り戻すかどうかなのだ。

しかも、大切なのは、誰の記憶を取り戻すか……。

（もしも、それが殿でなく、長屋王の記憶だったら……？）

考えるだけで……不安に胸が締めつけられる。けれど。

「……宮様？」

何もわかっていない義明に心配そうに見上げられ、宮は返す言葉もなく自嘲《じちょう》に似た笑みを浮かべるしかなかった。

当子内親王《ないしんのう》のための野宮《ののみや》は、都の西、嵯峨野《さがの》にある。

伊勢に向かうまでの約一年間、皇女《ひめみこ》は新たな斎宮として、この野宮で潔斎《けっさい》の日々を送っているのだ。

風神《ふうじん》を使えばさほど苦にもならない嵯峨野路を、宮は初対面の恭子女王《じょおう》とともに牛車《ぎっしゃ》に揺られて野宮《ののみや》へと向かっていた。

恭子女王《じょおう》は蘇芳《すおう》襲《がさね》の小袿《こうちぎ》をしっとりと着馴《きな》らして、物珍しそうに車の簾《すだれ》から外を眺めている。その横顔は、もう三十歳をすぎた女人《にょにん》とは思われないほどあどけなく見えた。幼くして斎宮《いつきのみや》に卜定《ぼくじょう》され、その後二十余年間、一度も都に戻ることなく神と向き合って暮らしていたのだ。どこか浮き世離れして見えるのは、当然のことかもしれない。

ただ、きれいに梳《くしけず》られて背中に流れる黒髪は裾《すそ》のほうがわずかに不揃《ふぞろ》いで薄く、それだけが、この女王《ひめ》がもう若くない証《あかし》のように思われた。

(我が母も、このような女人だったのであろうか……)

宮は女王の横顔を眺め、貌《かお》も覚えていない母に想《おも》いを馳《は》せた。

伊勢の斎宮であったときに神の稲妻《いなずま》に抱《いだ》かれて宮を身ごもり、帰京して円融院《えんゆういん》の許《もと》で宮を産んだのだという母。憧憬《どうけい》に胸がつまるものの……それだけのことと、宮は小さく頭《かぶり》を振った。

風が木々を揺らす音が、耳に心地よい。

ほかに聞こえるのは、悪路に車が軋《きし》む音と、耳慣れない鳥の声……。

やがて前方に、松などの木に見え隠れして黒木の鳥居が現れる。

その奥に見える小柴垣《こしばがき》に囲まれた建物が野宮だ。

女王と宮が訪問する旨《むね》は伝えてあったので、女官が数名、出迎えに出ていた。

車を降りて見上げれば、葉を茂らせた木々からこぼれる木漏れ日さえも浄《きよ》らかで、宮でさえも心洗われる心地がした。

森は「守り」だ。この木々が、聖なる野宮《ののみや》を守っている。

「私が暮らしていた頃も、こうだったのかしら……もう覚えていないわ……」

女王《ひめ》は誰に言うともなく口にして、ふっと微笑《ほほえ》んだ。

彼女が野宮で暮らしたのは、幼児と言ってもよいほど幼い頃のことだった。たった一年間の潔斎《けっさい》の日々を、覚えているはずもなかった。

まして野宮の殿舎そのものは、その都度建て替えられるのだ。残念ながら、懐《なつ》かしさを感じることはできなかったようだ。

「ようこそいらしてくださいました。斎王《いつきのみこ》様もお喜びです」

女官に案内されて、廂《ひさし》の間《ま》に通される。

まだ白木の香りの残る浄らかな室内に、来客用の畳と几帳《きちょう》が置かれていた。

巻き上げられた御簾《みす》の向こうに座っているのが、新しい斎宮《いつきのみや》、当子内親王《ないしんのう》だった。

皇女《ひめみこ》は小忌衣《おみごろも》を思わせる白地に小鳥などが縫い取りされた小袿《こうちぎ》をまとい、客を迎えて頭《こうべ》を下げる。

「わざわざのお越し、ありがとうございます」

控える女官を通さずに声を聞かされ、恭子女王《じょおう》も倣《なら》ってじかに挨拶《あいさつ》を返す。

「はじめまして。この度はお招きいただき、お会いできて嬉《うれ》しゅうございます。恭子でございます。こちらは、二条の姫宮様にございます」

「お話は伺っております。宜陽殿《ぎようでん》の宮様ですね、ようこそおいでくださいました」

皇女《ひめみこ》は宮のほうを見て、静かに会釈《えしやく》した。まだ十四歳の少女とは思えない落ち着きは、生来のものなのか、積み重ねた潔斎《けつさい》の日々の賜物《たまもの》なのか。

それでも、やはり若い姫らしく、生まれ育った都を離れて見知らぬ伊勢へ行くことに不安を感じずにはいられないのだろう。恭子女王《じよおう》が伊勢での暮らしのことなどを語り始めると、皇女は真剣な面持ちで話に聞き入り、ときおり質問を挟んだりもした。

都しか知らない皇女と、これまでの人生の大半を伊勢ですごした女王《ひめ》とでは、各々《おのおの》普通だと思うところが違っていて話が嚙《か》み合《あ》わなかったりもしたが……年齢や経験は違えど深窓の姫同士、そしてお互いに斎宮《いつきのみや》の先輩、後輩と思うせいか、会話はおっとりと和《なご》やかに盛り上がっていた。

宮はほとんど口を挟むこともなく、そんなふたりの会話に耳を傾けていた。

さほど重要な話をしているわけではない。

恭子女王の二十年余りに及ぶ斎宮としての暮らしは、繰り返される神事を除いては、都で暮らす深窓の姫たちと大差ない毎日だった。ただ、そこが都から遠く離れた伊勢であり、斎宮の住居の周囲には大内裏《だいだいり》に似た斎宮寮《いつきのみやのつかさ》と呼ばれる大規模な官司《かんし》があるほかは広大な自然に囲まれているというのが大きな違いだったが、己の住居から自由に出歩くことのない斎宮がそれを実感することはあまりなかったようだ。

都での暮らしとのいちばんの違いは、愛《いと》しい両親や兄弟姉妹に会えないことだったが、女王《ひめ》は敢《あ》えてその件には触れないよう心を砕いているようだった。

恭子女王《じょおう》がひととおり話し終えて、出された黒糖湯で喉《のど》を潤していると、当子内親王《ないしんのう》は上目遣いに女王を見つめた。

そして、言いにくそうに言葉を濁しながら、それでも訊《き》かずにはいられないというように意気込んで尋ねる。

「……あの……ずっと伊勢にいらしたのでしたら……神様のお側《そば》にいらして、でしたら、その、神様にお会いになられたり……いいえ、お姿はなくても、お声を聞いたり……なさったことは、おありですか？」

女王はそれを、巫女《かんなぎ》としての存在意義ゆえの質問なのだと思った。斎宮《いつきのみや》は神に仕える身なのだ、神の存在を信じられないまま遠い伊勢に行くのは虚《むな》しすぎる。

「……そうですね、きっと神様は側にいらしたと思うのですが……」

「やはり、側で見守ってくださるのですよね？」

「…………」

身を乗り出すようにして尋ねられ、女王は話の先が見えず言葉に詰まった。正直なところ、斎宮は帝《みかど》に代わって神に仕える巫女なのであって、神がその巫女を見守るわけではないと女王は思っていた。

だが、皇女《ひめみこ》はかまわず続ける。

「じつは私、天照大神《アマテラスオオミカミ》様のお声を聞いたのです」

「……こちらで?」

「ええ。先日の晩、何者かがここへ押し入って……襲われそうになったとき、天照大神様のお声がして、悪い人を追い払ってくださったのです」

ただならぬ話に、女王《ひめ》も宮も、側《そば》に控える女官を思わず振り返った。

ふたりの視線を受けて、命婦《みょうぶ》と思われる年配の女官は、とんでもございませんとばかりに首を横に振った。賊が野宮《ののみや》に侵入したなどという恐ろしい事実はなかったと言いたいのだろう。

だとすれば、これは皇女の夢か妄想ということになる。

実際、そうでなければおおごとだ。

斎宮《いつきのみや》にとっては、穢《けが》れこそもっとも避けなければならないものなのだ。過去には、野宮に男が通ったとの疑いで、伊勢へ向かう前に斎宮の任が解かれた例もある。

だが、皇女は女官の否定的なようすなど気にかけたふうもなく、うっとりと思い出すように語り続ける。

「神様のお声というのは、ほんとうに、あのように神々《こうごう》しいものなのですね。伊勢に参りましたら、お声だけではなくお姿も拝見できるでしょうか。そう思うと……母上様や兄上様、弟妹たちと別れて都を離れるのは寂しいけれど、伊勢へ行くのが楽しみでもあるのです」

嘘《うそ》をついているようには見えなかった。皇女《ひめみこ》にそう思わせるような事実が、何かあったのか。

宮は、用心深く尋ねてみる。

「何ゆえ、その声が天照大神《アマテラスオオミカミ》のものだとわかられたのか」

「お聞きになられれば、きっと宜陽殿《ぎようでん》の宮様にもおわかりになりますわ。神々しくて、母上様のように慈愛に満ちた、包み込むような女性《にょしょう》の声が上から降ってきたのですもの。あれが女神様のお声でなくて、何だというのでしょう」

「………」

恭子女王《じょおう》は何かを言おうとしたが、思い直して口を閉じた。

宮もそれ以上は尋ねない。

怪しい気配はないかとあたりを窺《うかが》ってみるが、皇女が何モノかに憑《つ》かれているふうではなかった。馴染《なじ》みのない気配を感じないではないが……ここは人里離れた嵯峨野、木々や鳥や獣たちも洛中《らくちゅう》とは違う独特の〈気〉を放っている。

(皇太后《こうたいごう》の夢に現れそうなモノも……やはり、憑いてはおらぬな)

このとき、宮に先入観がなかったとは言い切れない。

皇太后彰子の夢枕《ゆめまくら》に現れたモノが、この皇女に関係があるとは思えなかったのだ。

神の声を聞いたという話は気になるが、きっと皇女は怖い夢を見て目覚めたところで女官の声でも聞いて、それを神の声と勘違いしてしまっただけなのだろう。それで伊勢行きを楽しみにしているのであれば、わざわざ誤解を解いてガッカリさせることもない。

もっとも、皇女が天照大神《アマテラスオオミカミ》の存在を信じて心から伊勢行きを楽しみにしているのだとは、思えなかった。逃れられない宿命《さだめ》なら、嫌だと思って泣き暮らすより、誇りや楽しみを持てたほうがいい。皇女はそう考え、己を慰めているのかもしれない。

女王《ひめ》と宮はそれからまた他愛《たわい》ない話などをして、遅くなる前にと野宮《ののみや》を辞した。

立ち去り際《ぎわ》、

『……水曜星《ボ》』

宮がヒトには聞こえぬ声で呼ぶと、懐《ふところ》から小さな光の珠《たま》がふわりと浮き上がった。

水曜星は、宮が使役《しえき》する九曜《くよう》の式神《しきがみ》のひとつだ。その先の命令を聞くまでもなく、ここに残って斎宮《いつきのみや》を見守るために、あたりに溶け込むように姿を消した。

そのとき、外の鳥居の上にとまっていた烏《からす》が意味ありげに飛び立ったのだけれど、宮は気づいていなかった。

そして、帰りの車の中。

野宮《ののみや》が遠ざかるのを待っていたように、恭子女王《じょおう》が宮に語りかける。

「このようなお話をするのは、ぶしつけで失礼なことかもしれませんが……伊勢では、姫宮様のお母上様の斎王《いつきのみこ》様は、伊勢の神に妻として寵愛《ちょうあい》されたのだと……言い伝えられておりました」

「……………」

「そんなふうに聞かされていたからでしょうか。私自身は二十余年も神にお仕えしながらも、ただの一度もお姿はおろか、お声さえ聞いたことはなかったのですが、ずっと天照《アマテラス》大神《オオミカミ》様は男神《おがみ》様なのだと感じておりました。神様なのですから、ヒトの世で言う男や女とは違うのかもしれませんけれど……」

だから、女神の声に助けられたという当子内親王《ないしんのう》の言葉に納得できずにいる……そう続けたかったのだろう。

「私も……天照大神の声だとは、思えません」

多くは語らず、宮も女王《ひめ》に同意した。

当子内親王は、肉体的にも精神的にも不安定で繊細な歳頃《としごろ》だ。もうじき伊勢へ行くという人生の大事を控え、夢や空想を現実と取り違えているだけなのだろう。

恭子女王が心配そうに言う。

「野宮は人里から離れていて、静かすぎます。狐狸《こり》などに騙《だま》されているのでなければよいのですが……」

「狐狸ごときの仕業なら、心配もありますまい」

そう応じて笑いかけ、宮はふと不安になる。

女神の声だと勘違いしてしまうような、神々《こうごう》しい声……。

（まさか、邪神《じゃしん》の夜刀神《やつのかみ》が……？　いやいや、あやつは封印されておる。だとしたら、ほかに……？）

妖艶《ようえん》に微笑《ほほえ》む〈月の姫〉の美貌《びぼう》が、宮の脳裏をよぎった。

だが、あの〈月の姫〉に、新しい斎宮《いつきのみや》を賊から救う理由などあるだろうか。

（あやつなら、逆に、斎宮を襲わせかねぬであろうに……）

根拠もなくそう考え、宮は嫌な気持ちになったけれど。

この件に〈月の姫〉が関《かか》わっていると、本気で考えたわけではなかった。


宮が野宮から帰ったとき、二条の屋敷にはこの日も義明を見舞う客が来ていたらしく、寝殿《しんでん》に折敷《おしき》を運ぶ女房《にょうぼう》たちの姿が細殿《ほそどの》から見えた。

「お帰りなさいませ」

「殿に客か？」

出迎えに出た女房に尋ねると、女房はにこやかにうなずいて言う。

「はい。光少将《ひかるしょうしょう》様がおみえになられて、お殿様も起きて歓談しておられます」

「そうか……」

牛車《ぎっしゃ》に揺られて疲れていた宮は、知らぬふりをして部屋で休もうかとも思ったが、やはり挨拶《あいさつ》くらいしておこうと寝殿《しんでん》に向かった。

寝殿の義明の部屋では、褥《しとね》に身を起こした義明と向き合うようにして、横顔も浄《さよ》らかな僧形《そうぎょう》の青年が慣れたようすで座っていた。

僧侶《そうりょ》は藤原重家。右大臣《うだいじん》家堀川院《ほりかわいん》の嫡子として育ち、廟堂《びょうどう》では「光少将」と渾名《あだな》されて将来を嘱望されていたが、ある日突然出家し、周囲を驚かせた青年だった。

宮が御簾《みす》で仕切られた隣室に出向くと、義明がその気配に真っ先に気づいて嬉《うれ》しそうに振り返る。

「ああ……お帰りだったのですね、宮様」

続いて重家も、御簾のほうに向き直って頭《こうべ》を下げる。

「お帰りなさいませ。お留守中にお邪魔しておりました」

「よくいらした」

宮の挨拶が素っ気ないのは今に始まったことではないのだが、慣れない義明は重家に気を遣って補足する。

「今日は、野宮《ののみや》に出かけられていて、今戻られたところなのです」

「野宮というと、もうじき斎宮《いつきのみや》様として伊勢へ向かわれる当子内親王《ないしんのう》にお会いになられたのですか？」

「ああ。見知らぬ土地へ行かれることで心細くしておいでかと思うたのじゃが、逆に楽しみだと仰《おお》せであった」

宮は苦笑して、皇女《ひめみこ》のようすをそう伝えた。

重家がうなずいて言う。

「新しいことへの好奇心のほうが勝るお歳頃《としごろ》なのかもしれませんね。しかし……宮中の者たちからこぼれ聞いたところでは、むしろ皇后《こうごう》様のほうが、可愛《かわい》い皇女君《ひめぎみ》と別れがたくて嘆き暮らしておいでだとか」

「……気の毒だが、いたしかたあるまい。神に仕えるのも皇族の大切な務め、皇女であれ女王《ひめ》であれ……誰かが伊勢に行かねばならぬのじゃ」

言いながら、宮は昨日の義明の言葉を思い出していた。

義明が誰かから聞きかじったという話のとおり、今上帝《きんじょうてい》の皇后腹の皇女が伊勢の斎宮に選ばれるのは、珍しいことだったのだ。

神に仕える斎宮は、その任期によっては女人《にょにん》としての花の時期をずっと独身ですごさなければならないかもしれない。そのうえ、帝《みかど》が譲位するか身内が亡《な》くなるかしなければ、遠い伊勢から帰ってくることもできないのだ。それは、家族のいる都で結婚して母になるという平穏な幸せからは、ほど遠い人生だ。帝にせよ皇后にせよ、できることなら己の大切な娘にそのような生き方を強いたくないと願うのは、当然の親心だった。

それゆえ、伊勢の斎宮《いつきのみや》に選ばれるのは、高貴ながらも権力のない親王《しんのう》家の女王《ひめ》、皇女《ひめみこ》が選ばれる場合でもその母が皇后《こうごう》や中宮《ちゅうぐう》ではない皇女、あるいは今上帝《きんじょうてい》の皇女ではなく姉妹というのが、いつの頃からか慣例化されていた。もちろん表向きは、そのとき最も相応《ふさわ》しい未婚の姫が卜定《ぼくじょう》されるのだが。

二十余年前に恭子女王《じょおう》が斎宮として卜定されたのも、穿《うが》った見方をすれば、かの女王が安和《あんな》の変《へん》で凋落《ちょうらく》した親王家の高貴な姫だったからにほかならない。そうして彼女は、ほかの姫たちが恋や結婚で華やぐ十代二十代を神に捧《ささ》げ、父の親王が亡くなってからしか帰京を許されなかったのだ。

「まあ、都で暮らして普通に結婚しても、男の夜離《よが》れを心配したり後宮《こうきゅう》の争いに巻き込まれたりと、女人《にょにん》の苦労は尽きないものですからね。身も心も神に捧げて心静かに暮らせるのなら、考えようによってはそのほうが幸せなのかもしれません」

重家は僧侶《そうりょ》らしい視点で言うけれど。

ほかに相応しい女王などがいるにもかかわらず今回に限って皇后腹の第一皇女《おうじょ》が選ばれ

てしまったことは、宮中における皇后娍子の立場の弱さを物語っている。

いや、ただ立場が弱いというばかりではない。今上帝が東宮《とうぐう》だった頃から多くの皇子《みこ》皇女を産み、それゆえ後ろ盾となる父を亡くしていても立后《りっこう》された皇后娍子は、若い中宮を脅《おびや》かす存在として、中宮《ちゅうぐう》妍子の父道長から疎《うと》まれているのだ。

もちろん皇后娍子《こうごう》には、いまさら中宮妍子と張り合うつもりなど毛頭ないだろう。それでも、皇后には次の東宮《とうぐう》の最有力候補とも言うべき皇子たちがいるのに対し、中宮は皇女《ひめみこ》をやっとひとり産んだばかり。皇后にそのつもりがなくても、道長にとっては充分目障《めざわ》りな存在なのだった。

重家が、しみじみと言う。

「こうして考えてみると……どこの姫君が斎宮《いつきのみや》様に選ばれるかで、そのときどきの権力者の思惑が見え隠れするものですね」

宮にしてみればどうでもいい話だったが、義明は興味をそそられたらしく、身を乗り出して尋ねる。

「以前にも、そのような例があったのですか？」

「古い話になるが……奈良の聖武《しょうむ》帝《てい》の時代の井上《いのえ》内親王《ないしんのう》などは、こういう場合よく引き合いに出されるな」

聖武帝は、長屋王が新興の藤原氏の専横を阻止しようと苦悩していた時代、藤原氏の血を引くはじめての皇子として即位した帝《みかど》だった。

宮は思わず眉《まゆ》をひそめたが、御簾《みす》に隔てられた重家は気づくことなく話し続ける。

「その頃まだ皇太子《こうたいし》だった聖武帝には、井上内親王《ないしんのう》の母君のほかにも不比等《ふひと》の娘の安宿媛《あすかべひめ》が入内《じゅだい》していたんだ。安宿媛にも井上内親王とは一歳違いの阿倍《あべ》内親王という皇女《ひめみこ》がいたが、どちらにもまだ皇子《みこ》はいなかった」

女帝が容認されていた時代のこと。このまま聖武帝に皇子が誕生しなければ、井上内親王がのちの女帝になる可能性もあった。帝《みかど》の外戚《がいせき》として権力を握っていた藤原氏は、その芽を摘むために井上内親王を斎宮《いつきのみや》に卜定《ぼくじょう》し、邪魔者を伊勢に追い払ったのだった。

「……まあ、井上内親王の母君は皇后《こうごう》でも中宮《ちゅうぐう》でもなかったし、当子内親王とは立場も事情も違うわけだが」

それでも、そこに時の権力者である藤原氏の思惑が働いたという点では、よく似た話だったのかもしれない。

ただし、井上内親王の不幸はそれだけにとどまらなかった。

その後、歳《とし》の離れた同母弟の安積親王《あさかしんのう》が亡《な》くなったために斎宮の任を解かれ、帰京して光仁帝《こうにんてい》の皇后になったのち——おそらく、またもや藤原氏の策謀により——罪人として幽閉されたあげく、皇太子だった我が子ともども暗殺されて生涯を閉じたのだ。

だが、重家はそこまでは語らずに口を閉じた。出家したとはいえ、重家自身もその藤原氏の末裔《まつえい》なのだ、語って楽しい話ではない。

そこらへんの事情もわからない義明は、世間話のような気楽さで尋ねる。

「それで、結局のところ、聖武帝のあとにはどなたが即位されたのですか。やはり藤原氏の思惑どおりに、安宿媛の産まれた阿倍内親王《ないしんのう》が？」

「ああ。じつは聖武帝が即位なされたあとに、井上内親王の母君と光明子《こうみょうし》の双方に皇子《みこ》が誕生したのだが……ああ、光明子というのは安宿媛のことなのだが、光明子の皇子は生後まもなく東宮《とうぐう》に立てられたものの一年もたたずに亡《な》くなり、井上内親王の弟も若くして亡くなっている。結局は、阿倍内親王が孝謙帝《こうけんてい》として即位なされた」

義明は、忘れてしまった国史を習《なじ》い直すような気持ちで耳を傾けていた。

聖武帝とか光明子という名が馴染み深く感じられるのは、一度は習ったことがあるからなのだろう。それに、生後数か月で皇太子《こうたいし》に立てられながら一年もたたずに亡くなってしまった皇子のことも……そんな話を、いつか誰かから聞いたことがあるような気がする。

「……光明子……光明皇后《こうごう》……？」

「殿……？」

ひとり言のようにつぶやく義明を、宮が御簾《みす》越しに心配そうに覗《のぞ》き込《こ》んだ。

「あ……いいえ、何か思い出せそうな気もしたのですが……だめですね。断片的でつながらない」

「………」

苦笑する義明を見つめ、宮は喉《のど》の奥が苦くなるような胸苦しさを覚えた。

宮のことさえ思い出せない義明が、三百年も前の話に反応している。

重家に何らかの意図があって井上内親王《ないしんのう》を例にしたのだとは思わないが、光明子の皇子《みこ》が生後一年かそこらで亡《な》くなったのも、長屋王が謀反《むほん》の疑いで死に追いやられたのも、井上内親王が斎宮《いつきのみや》として任に就《つ》いて一、二年後のことだった。

そんな時代のことを義明が思い出すとすれば……それは義明の記憶ではなく、長屋王の記憶だ。

それは宮にとって、あってはならないことだった。

重家は、そんな宮の不安になど気づくこともなく、話を宮に振る。

「こうして考えてみると……姫宮様、伊勢には常に斎宮様がいらした、というわけではないのですね」

「それはそうじゃが……？」

宮には、重家が何を言わんとしているのか、すぐにはわからなかった。

「今だって恭子女王《じょおう》は三年も前に退下《たいげ》なさっていて、次代の当子内親王はまだ都にいらっしゃるわけで……関係のないことかもしれませんが、神の御杖代《みつえしろ》である斎宮様が不在のあいだに〈月の姫〉が現世《うつしよ》に現れたことに、何か意味があるのかと……」

「月の姫……？」

義明が、不思議そうに重家を見た。

「光少将殿っ」

宮に低い声で叱咤《しった》するように呼ばれ、重家は口を閉ざした。宮はまだ〈月の姫〉のことを義明の前で話してほしくないのだと、重家もようやく思い至る。

義明は怪訝《けげん》そうに宮と重家を見比べたけれど、そこでよけいな口を挟んで話をややこしくしたりはしなかった。

宮は気まずさを覚え、ほうっと吐息を漏らす。

「……すまない、久し振りの遠出で少し疲れたようじゃ。私は、これで失礼する」

そう言って立ち上がると、宮は重家に「ごゆっくり」とも言わずに逃げるように東の対屋《たいのや》に引き揚げた。

「あ……」

義明はそんな宮を呼び止めるべきか迷い……結局、声をかけることも追いかけることもできなかった。

重家が申し訳なさそうに肩をすくめる。

「……すまなかった。私が不用意な話をして、姫宮様をよけいに疲れさせてしまったみたいだな。義明、姫宮様を追わなくていいのか？」

尋ねる重家に、義明は困ってうつむく。

「そうしたほうが、いいのでしょうか？」

「いや、私に訊《き》かれても……」

「……わからないのです。俺は、こういうとき……以前はどうしていたのでしょう」

自分はいつも、どんな態度で宮に接していたのか。

そして、宮は……？

義明には、夫婦《めおと》でありながら寝所《しんじょ》を別々にしている自分たちの距離というものが、いまだに理解できないのだった。病床に付きっきりで看病してくれていたのは、そんなふうに親しい間柄だったからなのか、義明が怪我人《けがにん》だったから宮が立場上仕方なく看病してくれていただけなのか。

それに、今だって宮が何に気を悪くして退室してしまったのか、まったく理解できない義明だった。

重家が言う。

「残念ながら、他人の私に夫婦のあいだのことはわからないよ。だが、以前がどうであろうとよいではないか。今、義明がしたいようにすれば」

「俺は……」

疲れて神経を尖《とが》らせているように見えた宮が心配で、追いかけて話を聞きたいというのが義明の正直な気持ちだ。

だが、記憶をなくしてからこのかた、義明はいまだに東の対屋《たいのや》に足を踏み入《い》れたことがなかった。いきなり宮の部屋を訪ねるのは、勇気が要る。

「……今日はやめておきます。いずれ、そのうち」

消極的な義明を、重家は責めなかった。

そして、浄《きよ》らかな美貌《びぼう》に心の内を覗《のぞ》かせない鷹揚《おうよう》な笑みを浮かべ、

「さて、ずいぶん長居をしてしまったから、私もそろそろお暇《いとま》するとしよう」

そう言って、寝殿《しんでん》から庭をまわって帰っていった。

一方、東の対屋の自室に戻った宮は、重家が出ていく気配に耳を澄ませていた。

義明の前で〈月の姫〉のことを言われ、思わず感情的に振る舞ってしまったけれど。

脇息《きょうそく》に寄りかかり、あらためて考えてみる。

(……伊勢に斎宮《いつきのみや》が不在だったから……だから〈月の姫〉が現世《うつしよ》に現れたと？)

そんな観点で考えたことは、一度もなかったけれど。

(それでは、以前〈月の姫〉香久夜《かぐや》が現れたという、長屋王の時代はどうだったのであろう……？)

遠い昔の斎宮のことなど、すべてを知っているわけではなかった。ただ宮がまだ内裏《だいり》で暮らしていた幼い頃に好んで入り浸っていた宜陽殿《ぎようでん》には、貴重な古い書物が保管されてい

て、そこで伊勢の斎宮の記録も少しは見たことがある。

たしか、天武帝《てんむてい》が崩御して当時斎宮だった大来皇女《おおくのひめみこ》が退下《たいげ》したのち、十年以上に亘《わた》って斎宮は卜定《ぼくじょう》されなかった。その間に、長屋王の父である高市皇子《たけちのみこ》が亡《な》くなっていた。

その後、幾人かの皇女が斎宮《いつきのみや》に卜定されたが、伊勢には行かなかったり、行っても一年そこそこで退下したりで、伊勢に斎宮が居続けたことはない。ひとりの斎宮が十年以上伊勢にとどまったのは、例の井上内親王《ないしんのう》の代になってからのことだ。

そして、井上内親王が伊勢に向かった二年後、長屋王は亡くなっている。

（香久夜がいつ現世《うつしよ》に降り立ったのか正確なところは知らぬが、長屋王が生きているあいだであったことは間違いなかろう）

だとすれば、やはり伊勢に斎宮が不在だった可能性は高い。

だが、それだけのことだ。前回と今回、いずれもたまたま斎宮が不在だっただけかもしれない。

（偶然でないとすれば……当子内親王が伊勢で斎宮の任に就《つ》けば、香久夜は夜の世界に帰ってくれるのであろうか……）

宮は小さく首を振り、自嘲《じちょう》の笑みをこぼす。

甘い考えだ。

あの〈月の姫〉が、それしきのことで帰ろうはずがなかった。

二　斎王《いつきのみこ》の怨《うら》み

寝所《しんじょ》の暗闇《くらやみ》に、浮かんで見える、白妙《しろたえ》。

白地に青摺《あおずり》で春の草や小鳥らしきものの描かれているそれは、神事に用いられる小忌衣《おみごろも》であろうか。

木綿鬘《ゆうかずら》で飾られた黒髪が、風もないのに揺れている。

皇太后《こうたいごう》彰子《しょうし》は褥《しとね》に横たわったまま、己を覗《のぞ》き込《こ》むように浮かぶ人影を見上げていた。

(……どなたなのです?)

声に出して尋ねたつもりだが、口は動かなかった。

重苦しくて身動きできないのは、身体《からだ》の上に乗られているからなのか。

胸が圧《お》されて、息が吸えない。苦しい。

黒髪や白妙は見えるのに、白い貌《かお》は霞《かすみ》がかかったようにぼんやりと闇に透け、若い女なのか老女なのかさえ判別がつかない。

『……むごい藤《ふじ》よ……』

聞き覚えのない声だ。

『……皇后《こうごう》の皇子《みこ》が、邪魔であったか？　さりとて、殺《あや》めることはあるまいに……』

（待って……何のことを言っているのです？　誰が、誰を殺めたと……？）

『憎い藤《ふじ》よ……お恨み申すぞ……』

声が、風の音のように耳をかすめ……。

＊　　＊　　＊

「……皇太后《こうたいごう》様？　どうかなさいましたか？」

涼やかな声が聞こえたとたん、白妙《しろたえ》の女の姿は消え、彰子を押さえつけていた重苦しさも消え去った。

呼吸が戻り、彰子はわずかに咳《せ》き込《こ》んだ。

「皇太后様っ？　失礼いたします、大丈夫ですか？」

帳《とばり》の向こうに控えていた女房《にょうぼう》の貴子《たかこ》が、無礼を詫《わ》びて御帳台《みちょうだい》の内に入り、背中を擦《さす》ってくれた。

擦る手の温《ぬく》もりが、彰子の胸を楽にする。

「あ……ああ、ありがとう、源一条《げんのいちじょう》。もう大丈夫……」

「また、例の……？」

「ええ。でも、もう消えました」

「お寝みになれそうですか？」

「ええ……どうか、そこにいらして、源一条」

「はい、ここに」

貴子が衾《ふすま》の上から彰子の手に手を重ねると、彰子は安心したように目を閉じた。

（あれは、誰だったのだろう……？）

夢とも幻ともつかない朧《おぼろ》な人影だったけれど、あの白妙《しろたえ》と木綿鬘《ゆうかずら》は、おそらく神事の際の斎王《いつきのみこ》のもの。

斎王には賀茂《かも》の斎院《いつきのいん》と伊勢《いせ》の斎宮《いつきのみや》がいるが、賀茂の斎院はもう数代前の帝《みかど》の御代《みよ》から変わらず、選子内親王《せんしないしんのう》が務めていた。

（賀茂の斎院のお声ではなかった……では、伊勢の斎宮……？）

（まるで、私が皇后《こうごう》の皇子《みこ》を殺《あや》めたようなことを言っていたけれど……）

皇后の皇子と言われて思い当たるのは、先帝の皇后定子《ていし》が産んだ帥宮敦康親王《そちのみやあつやすしんのう》か。あるいは今上帝《きんじょうてい》の皇后娍子《せいし》が産んだ式部卿宮敦明《しきぶきょうのみやあつあきら》親王や、その弟の皇子たちか。

だが、いずれの皇子たちも亡《な》くなってはいない。それでも。

（東宮《とうぐう》の座を奪うことを「殺めたも同じ」と言うのなら……私が先帝の皇子を産んだばか

りに、帥宮様は、当然なれるはずだった東宮にもなれず……）

そのことを責められたのだろうか。

考えをめぐらし……彰子は罪の意識におののいて、貴子の手を強く握った。


源《みなもとのよしとき》義時が二条《にじょう》の屋敷を訪れたのは、前回の見舞いから幾日も経《た》たない午前《ひるまえ》だった。

いつものように中門《ちゅうもん》に入るなり、案内も請《こ》わずに大声を上げる。

「失礼するぞっ」

「これは、これは……殿の弟君は、よくよく時間を持て余しておいでのようじゃ」

「残念だが、今日は義姉上《あねうえ》の憎まれ口に付き合ってはいられないんだ。兄者《あにじゃ》の具合はどうです？」

庭を突っ切って寝殿《しんでん》に向かっていた義時は、渡殿《わたどの》の手前から声をかけてきた宮《みや》をあっさりとあしらって、足速に南の階《きざはし》を昇った。

この屋敷の者たちは皆、義時に礼儀作法など求めるだけ無駄だと割り切っている。女房《にょうぼう》たちは咎《とが》めもせずに、客用の褥《しとね》と白湯《さゆ》の支度を急いだ。

宮も反論をあきらめて寝殿へと渡る。

この日、義時は、貴子に頼まれて皇太后《こうたいごう》彰子の意向を伝えるため、宮と義明を訪ねたのだった。

彰子の夢枕《ゆめまくら》にまたもや斎宮《いつきのみや》らしき人影が現れたこと、それを気に病んだ彰子がついに熱を出して臥《ふ》せってしまったことを説明し、それでと続ける。

「皇太后様《こうたいごう》は、一度でもよいから兄者《あにじゃ》か義姉上《あねうえ》においでいただき、その怪しい人影の正体を見極めてほしいと望んでおいでなのだそうだ」

「…………………どういうことだ?」

しばしの沈黙のあと、ぽつりと尋ねたのは義明《よしあきら》だ。

宮と義時は思わずお互いを見交わしてしまい、それから宮は吐息交じりに説明する。

「今の殿には自覚のないことやもしれぬが……殿には破魔の力と、御仏《みほとけ》の加護がある。以前、怨霊《おんりょう》に苦しめられていた皇太后を救ったこともあるゆえ、それで今回もと頼っておるのであろう」

「……破魔と、加護……ですか?」

すぐには納得しがたい言葉を並べ、義明は眉根《まゆね》を寄せた。

「気にいたすな。療養中の殿が無理をすることはない」

「しかし、それでは……」

放《ほう》っておけと言われたのだと思い、義時が喰《く》い下《さ》がった。

宮は口の端に意地の悪い笑みを浮かべ、義時に言う。

「皇太后がどうなろうと、そなたの知ったことではあるまいに。ずいぶんと熱心なことだな、義時殿？」

「………………」

「まあ、よい。皇太后宮《こうたいこうぐう》には、私が出向いてようすを見てまいろう。私にひとつ借りを作ったな」

宮の言葉に、義時は憮然《ぶぜん》としたままうなずいて言う。

「別に、俺の借りだとは思わんが……義姉上《あねうえ》が行ってくださるなら、それがいちばんだ。何せ相手は皇太后様だからな。未亡人とはいえ、先帝の中宮《ちゅうぐう》様だった女人《にょにん》の寝所《しんじょ》に男が出入りするのは……いくら兄者《あにじゃ》でもマズイだろう」

「では、使いついでに、義時殿……私が訪ねる旨《むね》を貴子殿にでも伝えてほしいのだが、頼めるか？」

「ああ。じつは、皇太后宮の警護の者たちには知り合いも多いんだ。今度の件を貴子から知らせてきたのも、連中を介してのことだからな」

なるほど、貴子のために、義時は皇太后宮にこまめに足を運んでひそかに気を配っているというわけだ。そんな感想を口にはせず、宮はあたりを見まわして、二階厨子《にかいずし》から香炉をひとつ手にして言う。

「これでよいであろう。貴子殿に、これを」

「……なんだ?」

それは、何の変哲もない銀細工の香炉だった。

この程度の香炉ならば貴子だって持っているだろうにと、義時は首を傾《かし》げた。

「ずっとこの寝所《しんじょ》にあって、灰に殿の〈気〉が染《し》みておる。さすがに殿の衣類を、皇太后《こうたいごう》の部屋に持ち込むわけにはいかぬであろう。灰をこぼさぬようにな」

宮は、義明の浄化の〈気〉を含んだ物を、護符代わりに彰子の側《そば》に置くつもりなのだ。

そうと察した義時は、素直に香炉を受け取った。

ただ義明だけは、自分のことでもあるはずの会話から置き去りにされ、口も挟めずに情けない気持ちを味わっていた。


「わざわざのお運び、ありがとうございます」

正装して皇太后宮《こうたいごうぐう》を訪ねた宮を車寄せで出迎え、女房装束《にょうぼうしょうぞく》の貴子が深々と頭《こうべ》を下げた。

牛車《ぎっしゃ》から降りる宮に手を貸して、裾《すそ》の乱れなどをかいがいしく直すさまは、若いながらもいかにも高貴な女性《にょしょう》に仕え慣れた有能な女房ぶりだ。

「どうぞ、こちらへ」

貴子の案内で、宮は皇太后の私室の廂《ひさし》の間《ま》へと通された。

宮が勧められるままに褥《しとね》に座ると、巻き上げられた御簾《みす》の向こうから、皇太后彰子が先に声をかけてくる。

「ようこそいらしてくださいました」

熱を出して臥《ふ》せっているとの話だったが、彰子は落ち着いた色合いの小袿《こうちぎ》をしっとりとまとい、御帳台《みちょうだい》から出て褥《しとね》に座っていた。まだ二十七歳という若さながら、先帝の未亡人にして今東宮《いまとうぐう》の生母という重々しい立場のせいか、どこか老成した貫禄《かんろく》のようなものさえ感じられる。

その物静かな容貌《ようぼう》がわずかにやつれて見えるのは、例の夢枕《ゆめまくら》に立つという怪しいモノのせいなのだろうか。

「ご無理をなさらず、お寝《やす》みになられていてよろしかったのに」

「ありがとう。でも、久し振りに女宮様にお会いできて懐《なつ》かしく思うせいか、今日はとても身体《からだ》が楽に感じられるのです」

彰子は感じたままを口にして、微笑《ほほえ》んだ。

傍《かたわ》らの厨子棚《ずしだな》には、火取《ひとり》などと一緒に例の香炉が並べられていた。

古今の一流品ばかりが並ぶこの部屋ではみすぼらしくさえ見える香炉だったが、浄化の役目はきっちり果たしてくれているようだ。

彰子を悩ませているのが些細《ささい》な邪気ならば、これで夢枕に幻影が立つこともなくなると思われるのだが……ことはそう簡単ではないようだ。

義明の残り香程度の浄化の〈気〉では消えない気配が、室内に残っている。

強い怨念《おんねん》を感じるにもかかわらず、それは生霊《いきりょう》のものとも死霊のものともとれない、曖昧《あいまい》な痕跡《こんせき》だった。

「夢に現れたモノのことを、詳しく話していただきたいのだが」

久し振りだというのに世間話や思い出話をすることもなく本題に入った宮を、彰子はぶしつけだとは思わなかった。宮がつまらない社交辞令に心を砕いたりしないことは、降嫁《こうか》前に内裏《だいり》で暮らしていた頃から知っているのだ。

彰子はできるだけ主観を挟まないように、夢枕《ゆめまくら》に立ったモノの姿や、それが語った言葉などを、見たまま聞いたまま宮に話した。

話を聞き終え、宮は考えをまとめようと口を開く。

「皇太后《こうたいごう》がご覧になられた装束からすると、その霊は斎王《いつきのみこ》か、かつて斎王であった者と考えるのが妥当だと思われるが……」

「ええ。ただ、声は……私が存じ上げている賀茂の斎院《いつきのいん》選子《せんし》内親王《ないしんのう》のお声でも、伊勢より戻られた恭子女王《きょうしじょおう》のお声でもなかったように思えます」

だとすれば、新しい斎宮《いつきのみや》の当子《とうし》内親王か、それ以前の斎王たちか。

だが、いずれにしても彰子とは面識もない女人《にょにん》ばかり。恨んで夢枕に立つとは、とうてい思われない。

彰子は、言いにくそうに重い口調で宮に尋ねる。

「……ずっと昔の……百年、二百年前の斎王《いつきのみこ》様の霊が、今になって現れるというようなことは……あるのでしょうか？」

「ないとは言えぬであろうな。冥府《めいふ》へ行けずに亜空《あくう》を漂う霊にとって、今も過去も区別はないというからな。何か、心当たりがおありか？」

「心当たりというほどのものではないのですが……」

言い淀《よど》み、それから彰子は心を決めて口を開く。

「もしや……清和帝《せいわてい》の御代《みよ》の斎宮《いつきのみや》様が、東宮《とうぐう》のことで私に立腹なさっておいでなのではないかと……」

百五十年ほども前の話を持ち出した彰子に、宮は一瞬あっけにとられた。

だが、すぐに思い当たって、痛ましげな視線を彰子に向けた。

清和帝の御代の斎宮は、神に仕える身でありながら、あろうことか在任中に在原業平《ありわらのなりひら》と過《あやま》ちを犯したと伝えられている。そうして生まれた不義の子こそ、前帝の皇后《こうごう》定子の母方の祖先、つまりは帥宮《そちのみや》敦康親王《しんのう》の祖先なのだった。

「それで、帥宮様が東宮になれなかったことで、祖先の斎宮がそなたを恨んで現れたのだと……？」

宮の言葉に、彰子は頼りなげにうなずいた。

しかし、先帝の譲位に際して第一皇子《おうじ》の敦康親王《しんのう》が東宮《とうぐう》に選ばれなかったのは、第一には異母弟宮《いとみや》たちのように有力な後見人を持たないからという理由であったが、陰では、神を裏切って不義をはたらいた斎宮《いつきのみや》の子孫であるという事実も、東宮に相応《ふさわ》しくないとする理由のひとつにあげられていたのだ。その原因となった斎宮の霊が祟《たた》っているのだとすれば、逆恨みというほかはない。

それでも、彰子はそれをただの逆恨みだとは思っていなかった。

皇后《こうごう》定子亡《な》きあと、当時まだ子供のなかった中宮《ちゅうぐう》彰子は敦康親王を猶子《ゆうし》にして、次の東宮として大切に育ててきたのだ。実際に世話を焼くのは周囲の乳母《めのと》や女房《にょうぼう》たちだったけれど、彰子は母代《ははしろ》として、敦康親王に将来の帝《みかど》に相応しく育ってほしいと願い、そう言葉にして言い続けてもきた。

だが、やがて彰子は皇子《みこ》を産み、現実には、道長《みちなが》の孫であるその皇子が敦康親王を押《お》し退《の》けて東宮の座に就《つ》いてしまったのだ。

それは仕方のないことであったけれど……彰子は結果的に、敦康親王の母代として暮らした十年ほどの歳月が嘘《うそ》になってしまったかのような罪悪感を覚えていた。幼い我が子が東宮になったことを嬉《うれ》しく思う親心もあるからなおのこと、敦康親王に合わせる顔がないと感じてしまうのだった。

宮は思う。

(たしかに、当子内親王《ないしんのう》の生霊《いきりょう》と考えるより、過去の斎宮《いつきのみや》の霊というほうが、ありえそうな話ではあるが……)

先帝の譲位から三年、彰子はその間ずっと敦康親王《しんのう》のことを気にしていたのだろう。だが、いまさらそのことで斎宮の怨霊《おんりょう》が現れるとは考えにくい。

斎宮は別にして、皇后《こうごう》定子の実家である二条第《にじょうだい》の者たちならばと思いをめぐらし……宮はわずかに眉《まゆ》をひそめた。かの家の者たちは、昨年の敦康親王の婚礼をめぐってひと波乱あったばかりだったのだ。

(あの一族は、もはや「家」としては瀕死《ひんし》の状態だ。これ以上の騒動には、もう耐えられまい……)

これでまた今度の怨霊騒ぎと関《かか》わりがあるようでは、敦康親王のためにもならない。どうか無関係であってほしいと、宮でさえも願わずにはいられなかった。

だからといって、ほかに心当たりがあるわけでもないのだが……。

そのとき、にわかに正門のほうが騒がしくなった。

慌てて簀子《すのこ》を行き来する女房《にょうぼう》たちの足音が聞こえ、ややあって、年配の女房がこちらは落ち着いた足取りで現れて孫廂《まごびさし》から告げる。

「失礼いたします、皇太后様《こうたいごう》。ただ今、左大臣《いちのおとど》がおみえになられたのですが、どちらにお通しいたしましょう」

「父上様が？　まあ、急にどうなされたのかしら……」

彰子は多忙な父の急な来訪に驚き、言葉が続かなかった。

来客中でなければ、すぐにでもここへ迎えるのだが、宮への礼儀からすればとりあえず父には隣室で待ってもらうべきだろう。

だが、彰子がそう口にする前に、宮がきっぱりと言う。

「お忙しい内覧殿《ないらん》のことじゃ。先触れもなく参られたのは、急ぎの用事があってのことであろう。私はどこぞで待たせていただくゆえ、大臣《おとど》をこちらへ」

彰子は少し迷ったが、宮への相談はまだすんでいないのだ。ここは先に父の用件をすませてしまうほうがいい。

「恐れ入ります。では、申し訳ありませんが、お言葉に甘えさせていただきます」

そう言うと、御簾《みす》と几帳《きちょう》で隔てられた隣室を宮のために用意させ、それから父の道長を招き入れた。

道長はこれから内裏《だいり》に出仕するところなのか、昨夜からの仕事を終えて帰るところなのか、堂々たる烏帽子直衣《えぼしのうし》姿でゆっくりと室内に入ってきた。

そして、臣下の礼をとって娘の彰子に挨拶《あいさつ》する。

「突然の訪問、失礼いたします。皇太后《こうたいごう》様には、本日もお健やかなごようすにて、この道長、お会いできて安堵《あんど》いたしました」

「お忙しい中わざわざのお越し、ありがとう存じます」

「……どなたか先客がいらしたようですが、私が来たために急《せ》かしてしまったのでありましょうか」

あたりを見まわして鋭い洞察を見せる父に、彰子は曖昧《あいまい》に微笑《ほほえ》んで言う。

「お気になさらないでくださいませ。親しいお方と……女同士で、積もる話をしておりましたの」

道長は、妖《あや》しい能力《ちから》を使う宮をあまり快く思っていないのだ。助けられたことのある彰子としては、その能力を頼もしく思いこそすれ警戒するようなものではないと考えているのだが……今そのことで父と論争するつもりはなかった。

そんな彰子の思惑どおり、道長は深く追及することなくうなずいて言う。

「親しくお話しできるお相手がいるのはよいことです。ところで……近ごろは具合のよろしくないこともあると伺っておりますが、お身体《からだ》のほうはいかがですか？」

「ご心配いただき、ありがとうございます。少し熱が出て、人事をとって横になったこともございますが、このとおり元気にしております」

道長は言葉ほど元気には見えない娘を見つめ、それから力なく微笑むと、父の口調に戻って言う。

「お元気であられるのなら、よいのだが。いや、じつは昨夜《ゆうべ》は久し振りに内裏《だいり》で宿直《とのい》してしまったのだが、怪しい夢を見てのぅ。それで、そなたや妍子《けんし》のことが案じられて、こうして訪ねてまわっておるのだが……いやいや、私の取り越し苦労だったようだ」

「……夢を……？」

「明け方ごろに、白い小忌衣《おみごろも》をまとった女人《にょにん》が枕元《まくらもと》に立ってのぅ、何やら恨み言を申すので、何の言いがかりじゃと言うてやったのだが……いやいや、それだけのこと。夢解きによれば神も羨《うらや》むほどの幸運のお告げだというが、あやつらは近ごろ、私の前では悪いことは申さぬからな」

冗談に紛らせて道長は笑ったが、彰子は笑えない。

「その……そんな夢をご覧になられたのは、今朝だけなのでしょうか」

「ああ。もう若くはないのに宿直などして、疲れていたのであろう。妍子には、早く帰って寝《やす》めと追い払われてしまったよ」

そう言う道長の貌《かお》には、たしかに疲労の色が浮かんでいた。

これが、ただの寝不足による疲労ならばよいのだけれど……。

彰子は、不安を押し隠して微笑《ほほえ》んで言う。

「妍子の言うとおりですわ。父上様にはお身体《からだ》を大事にしていただいて、いつまでも私たちの後見をしていただかねばなりませんもの」

「おやおや、ここでも年寄り扱いされてしもうた。では、おとなしく帰るゆえ、その前にこのじじいを二《に》の宮《みや》様に会わせてくだされ」

その言葉を待っていたように、奥の間に控えていた乳母《めのと》が先帝の第三皇子《おうじ》敦良親王《あつながしんのう》を抱いて現れた。本来ならば三《さん》の宮《みや》と呼ばれるべき皇子《みこ》だったが、道長の周囲では第一皇子の敦康親王を除外して彰子腹の皇子だけを数えるのが慣例になっている。

六歳になる幼子を抱き寄せた道長は、

「おお、しばらく見ぬうちに、また大きゅうなられた」

そう言って目を細めたが、当の親王は動きたい盛り、祖父の手などさっさと振り払って駆け出してしまい、乳母と女房《にょうぼう》がそれを追いかけた。

彰子が苦笑して父に言う。

「まだまだ聞き分けのない子で……」

「なに、男児《おのこ》は元気がいちばんじゃ」

それで満足したのだろう、道長はまもなく帰っていった。

見送りに出た女房たちの声がして、やがて道長を乗せた檳榔毛車《びろうげのくるま》が行ってしまうと、宮は呼ばれもせぬうちに廂《ひさし》の間《ま》に戻ってきた。

彰子がすまなそうに言う。

「突然のことで、お待たせしてしまい、申し訳ございません」

「それはかまわぬが……気になることを言うておったな」

宮の言葉に、彰子も神妙な面持ちでうなずいた。

斎王《いつきのみこ》の霊らしきモノは、彰子ばかりか道長の前にも現れていたのだ。

内覧兼左大臣藤原道長《ないらんけんさだいじんふじわらの みちなが》と、皇太后《こうたいごう》彰子を恨む者。

もちろん、それだけでは手掛かりにならない。妬《ねた》みや逆恨みを含めれば、この父娘を呪《のろ》いたい者たちなど都じゅう、いや国じゅうにいるだろう。

「それにしても……同じく白妙《しろたえ》の霊とはのぅ……」

宮は、先日会ったばかりの当子内親王《ないしんのう》のことをもう一度考えてみた。

もうじき伊勢へ向かうというあの皇女《ひめみこ》のことで、母の皇后《こうごう》娍子はおそらく道長を恨んでいるだろう。

だが、それならば、彰子に祟《たた》る理由はないはずだ。むしろ妹の中宮《ちゅうぐう》妍子の夢枕《ゆめまくら》に立つというほうが、納得できる。

では、ほかに……。

（まさか、〈月の姫〉……か？）

ことあるごとに、疑わずにはいられない。

藤原氏の繁栄を憎む〈月の姫〉が、道長を牽制《けんせい》するために怨霊《おんりょう》のふりをして現れているのだろうか。

（そうだとしたら……しかし、斎王の姿を真似《まね》る意味など、どこにある？）

わからない。

ただひとつ、わかったことといえば。

「内覧《ないらん》殿は、ご自宅ではその霊を見ておらぬようであったな」

「はい。さきほどの話からは、宿直《とのい》明けの今朝一度きりだと」

「それが真実《まこと》であれば、件《くだん》の霊は、結界《けっかい》によって阻《はば》むことのできる相手やもしれぬ」

新造されてまだ間もない内裏《だいり》は、神事のたびに強化される結界がまだまだ弱い。それに比べ、道長の土御門《つちみかどの》殿には亡《な》き安倍晴明《あべのせいめい》の強固な結界が、その死後も弟子の蜻蛉《トンボ》によって維持されて存続しているのだ。

「蜻蛉に命じて、この皇太后宮《こうたいごうぐう》の結界も強化させておこう。それで、当面の危険は回避できるであろう」

消極的な対策ではあるが、相手の正体がわからないのだから仕方がない。

彰子はまだ不安そうにしていたけれど。

「案ずることはない。怨霊《おんりょう》ごときの邪気ならば、この香炉が浄《きよ》めてくれようし、いざとなれば貴子殿が皇太后をお護《まも》りするだろう」

最後のひと言は口からのでまかせだったが、彰子は自信たっぷりの宮の言葉に勇気づけられて微笑《ほほえ》んだ。

それから、宮はわずかに表情《かお》を曇らせて続ける。

「……これは、まだわからぬことじゃが……もしも皇太后《こうたいごう》が案じられたように、この件が敦康親王《しんのう》のために企《たくら》まれたことで、二条第の者たちが関《かか》わっているとすれば……むしろ、あちらの者たちのほうが心配じゃ」

「……女宮様……？」

「ヒトを呪《のろ》わば、穴ふたつ。呪った側が自滅するのも、珍しいことではない」

その言葉に、彰子は息を呑《の》んでうなずいた。


この頃の二条第は、火が消えたような静けさに包まれていた。

かつての関白《かんぱく》家として広い邸宅を構えてはいるが、すべてに手が行き届かず、門も築地《ついじ》も荒れたまま放置されていた。以前は来客の絶えなかった正門前もひっそりとして、通りを行き交う者たちでさえその前を避けているかのように人通りがない。

正門脇《わき》の通用門を、五位《ごい》の蘇芳《すおう》の束帯《そくたい》姿の若者が背を丸めてそっとくぐった。

当主の藤原道雅《みちまさ》だ。道雅はまだ二十三歳という若さにもかかわらず、友を招いて遊ぶこともなく、内裏《だいり》と家を往復するだけの寂しい日々を繰り返していた。

以前の道雅は、こうではなかった。物心ついたときにはすでに関白だった祖父は亡《な》く、内大臣《ないだいじん》だった父も役職を追われた身だったが、それを不幸だとは思っていなかった。生来、この家の者たちは機知に富んで朗らかな性格の持ち主が多い。過去の栄光も父たちの昔語りでしか知らない道雅はなおのこと、凋落《ちょうらく》した家を嘆く気持ちも薄く、ただ誠実に前向きにと暮らしてきた。

だが、四年前父の伊周《これちか》が亡くなると、道雅の生活は一変した。「凋落した前《さき》の関白《かんぱく》家」という重荷が、道雅の若い両肩に伸《の》しかかってしまったのだ。

そのうえ昨年は、家宝と思って大事にしていた宝珠《たま》に危うく殺されかかるという惨事にも見舞われた。いつか妹の婿にと望んでいた従弟《いとこ》の帥宮《そちのみや》敦康親王《しんのう》も、道雅の思惑を知らぬまま、よその姫と結婚してしまった。

この家のものであったはずの権勢と誇りは、その名残やわずかな希望でさえも、摑《つか》もうとする指を擦り抜けるように失われてゆく……。

家の行く末を思う道雅が心沈んでしまうのも、無理からぬことだった。

寝殿《しんでん》へ渡ると、亡き父の部屋の前の廂《ひさし》が開け放たれており、叔父《おじ》の隆家《たかいえ》が庭を眺めながら昼からひとり酒をあおっていた。

「……叔父上……」

「ああ、道雅か。すまんな、また邪魔しておったぞ」

「それはかまいませんが……お酒は、傷にひびくのではありませんか？」

隆家は着馴《きな》れた直衣《のうし》の衿《えり》をくつろげ、胡座《あぐら》をかいていた。烏帽子《えぼし》の下を美しい布で斜めに覆っているのは、負傷した右目を隠しているからだ。家宝の宝珠《たま》に棲《す》んでいた龍《りゅう》に襲われた道雅を庇《かば》って負った傷だった。

「なに、傷などとっくに治っておるさ。来い、道雅、一杯付き合え」

隆家は片手で瓶子《へいじ》をつまみ上げ、陽気にさえ聞こえる明るい声で道雅を招いた。

空元気だが、道雅もそんなことを指摘したりはしない。

たしかに、隆家の傷そのものは癒《い》えていた。ただ、瞼《まぶた》には深い痕《あと》が残り、眼球まで及んだ傷のために視界が白濁したままなのだった。

左目は無事だったので日常生活に障《さわ》りがあるわけではないが、にわかに片目が不自由になると、どうにも苛《いら》つくことが多い。

そうでなくても、近年の宮中には隆家の心を苛《さいな》む出来事が多すぎた。

日暮れの風が、伸び放題の庭草を揺らして吹きすぎる。

その風の音に紛らすように、隆家は酒臭い吐息をもらした。

「宮中で、また何かありましたか？」

甥《おい》の問いに、苦く笑って肩をすくめる隆家。

「……なに、いつものことと言えばいつものことだ。仕方がないとわかっていても……どうして差し上げることもできない我が身の腑甲斐《ふがい》なさが、つらいな」

　隆家は中納言《ちゅうなごん》だが、中務省《なかつかさしょう》において皇后《こうごう》の雑務全般を司《つかさど》る皇后職《こうごうしき》の長官の皇后宮大夫《こうごうぐうのだいぶ》も兼任していた。

　今上帝《きんじょうてい》の後宮《こうきゅう》には、長年連れ添って多くの皇子皇女《みこひめみこ》を産んだ皇后娍子のほかに、道長の娘である中宮《ちゅうぐう》妍子がいる。本来であれば、第一皇子《おうじ》の母である娍子のほうが、いまだ皇女ひとりしか産んでいない若い妍子より優位と見なされるはずだった。

　だが、娍子の父が大将《たいしょう》のまま若くして亡《な》くなってしまったのに対し、妍子の父は廟堂《びょうどう》の第一人者道長なのだ。皇后と中宮は名目上は対等な立場であるにもかかわらず、ことあるごとに娍子がないがしろにされてしまうというのが現状だ。

　皇后宮大夫の任にしても、娍子の立后《りっこう》当初は道長の顔色を窺《うかが》う公卿《くぎょう》たちが皆辞退してしまい、なり手がなかったくらいだ。そんな現状に反発を覚えて皇后宮大夫を引き受けた隆家だったが、やはり世の中の流れを変えることなどできない。

　今日も、この秋には遠い伊勢へ手放さなければならない第一皇女《おうじょ》を想《おも》って嘆き暮らす皇后娍子の御前《おまえ》に侍《はべ》っても、気休めの言葉をかけてやることさえできなかった。伊勢の斎宮《いつきのみや》が都へ戻ってこられるのは、基本的には帝《みかど》の譲位か身内の喪の場合だけなのだ。それを望むような発言をするわけにはいかない。

「内覧殿《ないらん》も、いい歳《とし》をなさって底意地が悪い。中宮様に皇子がいない腹癒《はらい》せに、ことあるごとに皇后様に嫌がらせをなさる。どこまで欲深く、何もかも手に入れようと望んでおられるのか……」

外では言えない本音を、隆家は低い声で言い募った。

隆家や道雅にとって、娍子は道長より遠い血縁の親戚《しんせき》でしかなかったが、広い意味では同じ北家《ほっけ》藤原氏であり、道長が繁栄を独占する廟堂《びょうどう》において虐《しいた》げられた犠牲者であるという点で、同族意識を掻《か》き立《た》てられる存在でもあったのだ。

娍子の不幸は、他人事《ひとごと》ではない。二条第がすっかり落ちぶれてしまった今だからこそ、道長はあれこれと気遣うふりをしてくれてはいるが、かつて伊周が内大臣《ないだいじん》であった頃、道長がどれほど敵意を剝《む》き出《だ》しにしていたか、隆家はまだはっきりと覚えている。

あの頃二条第にあった栄耀栄華《えいようえいが》は、今はそっくり道長のものだ。そのうえ、道長はさらにすべてを呑《の》み込《こ》んで膨れ上がろうとしているように思え、隆家は逞《たくま》しい肩をゾクリと震わせた。

そのとき、暗くなりかけた庭に、人影が見えた。

伸び放題の庭草を踏み分け、小袿《こうちぎ》の裾《すそ》を壺装束《つぼしょうぞく》風にたくし上げた女がこちらへ来る。

「……ごめんくださいませ。中門《ちゅうもん》から声をかけたのですけれど、どなたも出ていらっしゃらなかったものですから」

気さくな若い声に、道雅が気づいて簀子《すのこ》に出る。

「……香久夜《かくや》殿か……？」

「はい。お帰りだったのですね、道雅様」

道雅は振り返って、左目で訝《いぶか》しげに庭を見やる叔父《おじ》に説明する。

「こちらは、帥宮《そちのみや》様の南　院《みなみのいん》の女房《にょうぼう》殿ですよ。お近くに越して来られたからとご挨拶《あいさつ》にみえて、以来、何かと訪ねて帥宮様のごようすなど知らせてくれているのです。香久夜殿、初めてだっただろうか、こちらは私の叔父の藤原中納言《ちゅうなごん》隆家卿だ」

「お初にお目にかかります。お噂《うわさ》は、道雅様から伺っておりました。南院の香久夜と申します、どうぞお見知りおきを」

香久夜は庭に立ったまま、深々と頭《こうべ》を下げた。

黄昏時《たそがれどき》の薄明かりでも、並々ならぬ白い美貌《びぼう》が浮き上がって見える女だ。

南院の女房だというが……何か妖《あや》しいものを感じて、隆家は眉《まゆ》を寄せた。どこがどうと説明はできないのだが、何かが引っかかる。

「……ただの女房殿には見えぬが……」

叔父の言葉を違う意味に取ったのだろう、道雅はむしろ得意げに応じる。

「さすがは叔父上、お目が高いですね。香久夜殿は、じつは以前、冷泉院《れいぜいいん》様が今上《うえ》の後宮《こうきゅう》に入内《じゅだい》させるおつもりであられたという、都姫《つき》様なのですよ」

「では、円融院《えんゆういん》様のご落胤《らくいん》だという？」

「どうか、そのお話はもう……ご落胤とおっしゃっていただいても、しょせん生前に上《じょう》皇《こう》様は認知してくださらなかったのですもの。私は一介の、父のない娘にすぎません。それに、今はこうして帥宮《そちのみや》様の奥方様にお仕えする身でございますから」

香久夜は恥ずかしそうにうつむいて、慎《つつ》ましやかにそう言った。

それから思い出したように、手にしていた包みを道雅に差し出して言う。

「あの……今日は琴姫《ことひめ》様が帥宮様のためにと葛菓子《くずがし》をお作りになられたので、お口に合うかどうかはわかりませんが、こちらの皆様にも召し上がっていただこうと思って、持ってまいりましたの」

「なんと、琴姫様が御手《おんて》ずから……？」

「ええ。六条《ろくじょう》のお屋敷にお住まいの頃は、幼い弟君たちのためにいろいろ作って差し上げていたとかで……さすがに高倉第《たかくらだい》ではご遠慮なさっていたようですが、ご本人曰《いわ》く『上手ではないけれど手慣れて』おいでなのだそうです」

道雅は階《きざはし》を降りて、それを受け取った。

包みを開くと、折敷《おしき》の上に絞られた形の葛菓子がかわいらしく並んでいる。

「もったいない。ありがたく頂戴《ちょうだい》いたしますと、お伝えください」

こんなふうに差し入れがあるのも初めてではないのだろう、道雅は慣れたようすで礼を述べ、香久夜も当然のことのようにうなずいた。

そんな些細《ささい》なやりとりさえ、隆家にはなぜか奇妙に感じられ、馴染《なじ》めない。両頰《りょうほお》のもみあげのあたりがチリチリして、不快感さえ感じてしまう。

香久夜がじつはヒトならぬ〈月の姫〉であることなど、隆家には知りようもなかったのだけれど。

「道雅……私はもう帰るぞ」

「えっ？　叔父上《おじうえ》……今日はお早いですね。せっかくですから、いただいた葛菓子《くずがし》を召し上がってからでも……」

「いや、私はいい。邪魔したな」

そう言うなり、隆家はさっさと簀子《すのこ》を渡っていってしまった。

急のことに驚いた古参の女房《にょうぼう》が追うように見送りに出る足音も、騒々しい。

道雅は香久夜を振り返り、気まずげに詫《わ》びる。

「すみません、なんだか慌ただしくて……」

「私が、何か失礼なことを申し上げてしまったのでしょうか？」

「いいえ、そういうことじゃありません。叔父はあのとおり、まだ怪我《けが》が癒《い》えきっていないので……たぶん、具合が悪くなったのだと思います」

気遣う道雅に、香久夜はうなずいて言う。

「それに、皇后宮大夫《こうごうぐうのだいぶ》というお役目柄……このご時世では特に、お心を煩わせることも多いのでございましょうね」

「そうなのです」

道雅はそのとおりだとうなずき返し、階《きざはし》の中ほどに腰をおろした。

香久夜は遠慮がちに側《そば》に寄り、その下の段にそっと座る。

そうしていると、道雅には、なにか身分や立場を超えた親密な空気がふたりのあいだに流れているように感じられ、心が安らいだ。

「……早く、こんな時代が過ぎ去ってくれればよろしいのに」

道雅の気持ちを代弁するように、香久夜が言った。

耳に甘いその声に、道雅はあやされているような気持ちになって同意する。

「そうですね……」

「道雅様……ここだけのお話ですから、不敬だなんてお怒りにならないで聞いてくださいませね。じつは私、今上《うえ》様が早く譲位なさってくだされば、それだけですべてが好転するのではないかと思うことがありますの」

「香久夜殿……？」

「例えばの話ですわ。でも、帝《みかど》が譲位なされば、東宮《とうぐう》様が即位なさって……そうなれば、東宮亮《とうぐうのすけ》の道雅様はきっと蔵人頭《くろうどのとう》におなりでしょう」

帝の側近である蔵人頭は、言うなれば公卿《くぎょう》への登竜門だ。

いまだ五位《ごい》の道雅は、その言葉に心ならずも胸が逸《はや》った。かつて五位蔵人を務め、今東宮に仕えている道雅は、家柄からしても次の蔵人頭にもっとも相応《ふさわ》しい。

香久夜は続ける。

「中宮《ちゅうぐう》様に皇子《みこ》様がいらっしゃらない今ならば、次の東宮《とうぐう》は、皇后《こうごう》様がお産みになられた式部卿《しきぶきょうのみや》宮敦明親王《しんのう》。そうなれば皇后様は新東宮のご生母様ですもの、今のように中宮様に気兼ねなさる必要などなくなりますわ。皇后宮大夫《こうごうぐうのだいぶ》の隆家様のお立場も、今とは比べ物にならないくらい重要なものにおなりでしょう」

いいことずくめではないか。

そんな明るい未来がすぐそこにあるのだと、信じてしまいたくなる。

だが、そんな夢を見せておきながら、香久夜はあっさりと道雅を現実に引き戻す。

「でも……今上《うえ》様は即位なされたばかりなのですもの。斎宮《いつきのみや》様さえ、これから伊勢に向かおうというところ……すぐに譲位なさるはずもありませんわね」

そうなのだ。

そして、そのうち中宮妍子が皇子を産めば……道長の孫の皇子こそが次の東宮に選ばれてしまうのは、火を見るより明らかだった。

そうして道長の一族だけが栄え、隆家や道雅はますます政治《まつりごと》の中枢から遠ざけられてしまうのだ。

暗くなった空を見上げ、香久夜がひとり言のようにつぶやく。

「いっそ不吉なことでも起これば、帝《みかど》も譲位をお考えになられるかしら……」

「譲位するほど、不吉なこと？」

どちらかといえば心優しい良識人の道雅は、眉《まゆ》をひそめて聞き返してしまった。

香久夜は肩をすくめ、妖艶《ようえん》に微笑《ほほえ》んで言う。

「例えば……伊勢へ行くはずの斎宮《いつきのみや》様が、過《あやま》ちを犯されてしまうとか」

「そんな、言っていいことでは……！」

まじめな道雅が怒ると同時に、香久夜はクスクスと笑って立ち上がる。

「戯言《ざれごと》ですわ。例えば、と申し上げましたでしょう？」

「例えばの話にしても……」

「お気に障《さわ》ったのでしたら、ごめんあそばせ。私はもう戻らないと」

香久夜は悪びれたふうもなく、庭を横切って帰っていった。

残された道雅は、はじめ、悪ふざけがすぎると腹を立ててみたりしたのだけれど……聞いてしまった話が、耳を離れない。

（斎宮様が過ちを犯せば、不吉だからと帝が譲位なさって……？）

そんな空想は無意味だ。

野宮《ののみや》で潔斎《けっさい》の日々を送る斎宮が、過ちなど犯すはずがない。

（でも、たしか花山帝《かざんてい》の御代《みよ》だったか……野宮の斎宮様が密通したとかで……）

そんな話を聞いたこともあったけれど……。

道雅は、浮かんだ思いを振り払おうと、強く頭《かぶり》を振った。

考えてはいけない。

帝《みかど》の譲位を望むなど、臣下に許されることではないのだから。

けれど、一度植えつけられた空想は、道雅の頭から消え去ってはくれなかった。

三　擦れ違い

左京《さきょう》の鷹司《たかつかさ》小路《こうじ》を、馬にふたり乗りした男たちが西へ向かう。

手綱を握るのは、狩衣《かりぎぬ》に烏帽子《えぼし》姿の頼もしい体格の若者。

その後ろで慣れないようすで馬に跨《また》がっているのは、こぎれいな水干《すいかん》に風折《かざおり》烏帽了の青年だ。特に痩《や》せているわけではないのだが、前の若者と比べてしまうとずいぶん弱々しく貧相に見えてしまう。

「わざわざ送っていただいて、すみませんね、義時《よしとき》様」

後ろの青年が、狩衣姿の厚い背中に声をかけた。

「それはかまわんが……おまえだって皇太后宮《こうたいごうぐう》の警護のやつらのひとりやふたり、面識があるんじゃないのか？」

「……そりゃ、皇太后様が中宮《ちゅうぐう》様であられた頃から、結界《けっかい》の補修だ何だと幾度《いくたび》も呼び出されておりますから、面識がないわけじゃないのですが……どうも、ねぇ」

溜《た》め息《いき》交じりに答えた青年は、稀代《きたい》の陰陽師《おんみょうじ》安倍晴明《あべのせいめい》の弟子であった術士の蜻蛉《トンボ》だ。

一見どこにでもいそうな青年だが、よく見れば、なかなか端正な貌《かお》をしている。瞳《ひとみ》の色は薄く、秀《ひい》でた白い額には風折烏帽子《かざおりえぼし》からこぼれた薄栗色《うすくりいろ》の柔らかな癖毛が揺れている。一度見たら忘れられない印象的な美貌《びぼう》のはずなのだが……実際には、なぜか凡庸な印象しか残らない、ある意味不可思議な術士なのだ。

この日、蜻蛉は皇太后宮《こうたいごうぐう》の結界《けっかい》を強化するよう宮《みや》に命じられて出向くところだった。長年、道長《みちなが》の土御門殿《つちみかどどの》で仕えているのだ、皇太后彰子《しょうし》にも面識はあるし、その警護の者たちにだって幾度《いくたび》となく会っている。

それでも、宮は、

「忘れられていて、怪しい奴《やつ》と思われて追い返されかねぬからな」

と、義時を迎えに行かせたのだった。

蜻蛉は言う。

「言いたかありませんが……たぶん、姫宮様の判断は正しいと思いますよ。あの内覧殿《ないらんでん》でさえ、はじめの頃は、お会いするたびに『はじめて見る』みたいな表情《かお》をなさっておいででしたからね」

「…………」

義時は、相手から表情が見えないのをいいことに、口を歪《ゆが》めて苦笑した。

義時自身、蜻蛉には幾度か会っていて、今日も土御門殿の前で会ったときにはすぐにそれとわかった。だが、これが道端で偶然擦れ違っただけだったりしたら、おそらく声をかけられてさえ誰だかわからないかもしれないと思う。こうして背中を向けている今、蜻蛉の貌《かお》を思い出そうとしてみるのだが……曖昧模糊《あいまいもこ》として、思い描けるのは水干《すいかん》と風折烏帽子《かざおりえぼし》ばかりなのだった。

ここまで印象が薄いのも、術士としての才能のひとつなのかもしれないが、役に立つより不都合なことのほうが多そうだ。

「いっそのこと、都で術士なんかやってるより、密使とか間者《かんじゃ》のほうが向いているんじゃないか？」

「それで、東国《とうごく》や南海の戦場《いくさば》とかに行かされて、ひとりで敵陣に忍び込んだりさせられるんですか？　そんな恐ろしい任務は御免です」

蜻蛉は心底嫌そうに言い切り、ついでに口を滑らせてよけいなことを言う。

「私なんかより義時様のほうが、そういう荒くれた土地が性分に合っていらっしゃいそうですよね」

「そうだな……力勝負でものごとが解決するなら、そういう場所のほうが、ねちねちと陰湿な貴族どもがはびこる都よりマシかもしれん」

半分嫌味のつもりで言った蜻蛉は、きっぱりと真正面から返され、しばし考えさせられてしまう。

「……でも、ヒトの世なんて、どこも策謀がつきまとうものかもしれませんよ？」

「都のように、か？　結界《けっかい》なんて胡散臭《うさんくさ》いモノがなければ安心して暮らせないなんつぅのは、糞喰《くそく》らえ！　だな」

義時は、吐き捨てるように言った。それは蜻蛉に対する当てこすりのようにも聞こえたけれど、少なからず義時の本心なのだった。

そうするうちに、ふたりは皇太后宮《こうたいごうぐう》に到着した。

義時は、すでに顔見知りの門番や警護の者たちに蜻蛉を紹介し、

「術士のやることなど俺たちの目には怪しくしか映らんが、不審者と間違えないでやってくれ。今日だけじゃなく、たびたびこっちに来ることになるらしいから……名前だけでも覚えて、くれぐれも曲者《くせもの》と間違って成敗しましたなんてことのないように頼む」

笑いながらそう言って——蜻蛉にしてみれば、ちっとも笑えない話なのだが——ひとりひとりに念を押した。

そうして、蜻蛉が作業のためにひとりで屋敷の周囲をまわり始めると、義時は役目は終わったとばかりに、いつものように知り合いたちのいる随身所《ずいじんどころ》に立ち寄った。

休憩していた武官姿の男がすぐに気づき、親しげに話しかけてくる。

「おい、義時。今日は陰陽師《おんみょうじ》の護衛なんだって？」

「頼まれて迎えに行っただけだ、護衛じゃない。それに、蜻蛉はただの術士だ、陰陽師

じゃない」

「似たようなモンだろう」

胡散臭《うさんくさ》そうに鼻に皺《しわ》を寄せる男に、義時もまた肩をすくめて同意する。

呪詛《じゅそ》だ結界《けっかい》だというモノは、目に見えないだけに、武術に生きる男たちからすれば眉《まゆ》に唾《つば》したくなる異世界の話だ。それでも、それを「ありもしないこと」と全面的に否定してしまうには、世の中にはヒトの力の及ばない不可解なことが多すぎるのだが。

男は、少し心配そうに義時に尋ねる。

「それにしても……わざわざ術士に結界を張らせるってことは、皇太后《こうたいごう》様が誰かに呪《のろ》われるか何かしているわけだろう？」

「そう決まったわけではないらしいが、念のためってことだろう」

「やだねぇ、勘弁してほしいぜ」

相手が盗賊ならばどんなに強くても成敗してくれると意気込んでいる武者《もののふ》たちだが、呪詛とか怪異では手の出しようもわからない。皇太后への格別な忠誠心があるわけではないが、武者には武者の誇りがあって、警護する貴人に害が及ぶのは不本意だった。

それには義時も同感だ。

それに……皇太后の側《そば》には貴子《たかこ》が侍《はべ》っているのだ。勝ち気で責任感の強い貴子は、もしも皇太后に危険が迫れば、逃げ出すどころか己《おの》が身を盾にしてでも女主人を護《まも》ろうとするに違いない。

(冗談じゃないぞ……)

そうでなくても義時は、貴子が女房《にようぼう》として出仕することに本当は賛成していない。

(皇太后宮《こうたいごうぐう》に出入りする偉い男どもにとっちゃ、女房なんて戯《たわむ》れに手出ししても許されるお手軽な遊《あそ》び女《め》みたいなものじゃないか。そりゃ、あのじゃじゃ馬がそう簡単に口説き落とされるとは思わないが……)

出仕などせずに家にいれば、とっくに婿を迎えていてもいい歳頃《としごろ》だ。貴子の母などは、半分本気で娘を「嫁《い》かず後家」呼ばわりして、溜《た》め息《いき》をつく。

そのうえ、皇太后を狙《ねら》う呪詛《じゆそ》や怨霊《おんりよう》の巻き添えを喰《く》うことにでもなったら……。

「お疲れ様です」

若い女の声がして、義時は物思いから我に返った。

下級女房が、警護の者たちに差し入れの軽食を運んできたのだった。

義時は居ても立ってもいられない気持ちになり、その女房に声をかける。

「いつもすまないが、源一条《げんのいちじよう》は、今忙しいだろうか?」

「あら、いらっしゃいませ、義時様。お忙しくても、たぶん手が離せないってことはないと思いますよ。お呼びしますか?」

「頼む。手が空いてからでいいんだ、細殿《ほそどの》のこっちで待ってるからと」

「はぁい」

義時ともすでに顔見知りの若い女房《にようぼう》は、快く引き受けて随身所《ずいじんどころ》から立ち去った。

少し遅れて外に出る義時の背中に、

「お安くないなぁ」

「こんな昼間から逢《あ》い引《び》きか？」

などと野次が飛ぶ。

「ばか言え。知ってるだろう、相手は従姉《いとこ》だ」

義時は振り返らずにそう言い残して、外に出た。じつは妾腹《めかけばら》の義時は、貴子とは従姉《いと》弟《こ》ではなく再従姉弟《はとこ》なのだが、幼い頃からずっと一条源《みなもとけ》家で従姉弟と称して育ってきたのだ。いまさら面倒な説明をして、話をややこしくする気はなかった。

しばらく外で待っていると、やがて衣擦《きぬず》れの音がして、貴子が細殿《ほそどの》の妻戸《つまど》を開けた。

幼い頃から見慣れているはずなのに、裳《も》を引いた女房装束姿の貴子には凛《りん》とした美しさがあり、義時には眩《まぶ》しく感じられる。

「貴子……」

「お務めご苦労様。結界《けっかい》を強化するとかいう作業は、順調に進んでる？」

「あ、ああ。蜻蛉がせっせと働いているはずだから、ちゃんと強化されてると思うぞ」

「側《そば》で見てなくていいの？」

「そこまでは、俺の仕事じゃない」

不服そうに応じた義時に、貴子はうなずいて言う。

「あの姫宮様が遣わしてくれた術士ですものね。素人《しろうと》なんか見ていてもいなくても、関係ないわね、たしかに」

「……ところで、どうだ……そっちは、その、変わりないのか？」

「先日の香炉の効果なのか、今のところ皇太后《こうたいごう》様が悪夢にうなされることはなくなったけど……あまり体調が優《すぐ》れないのは、不安に思っていらっしゃるせいかもしれないわ。でも、結界《けっかい》が強化されれば、それも改善できるわね、きっと」

義時は貴子自身について尋ねたつもりだったのだが、貴子は当然のように彰子のことを報告した。義時を、宮の使いとして見ているからなのだろう。

（貴子も兄者《あにじゃ》も、根が真面目《まじめ》だからな……母上姉妹の血ってわけか）

義時は肩をすくめて溜《た》め息《いき》をもらした。それから、あまり重い口調にならないようにと気をつけながら、本音を吐く。

「なぁ、貴子。もう充分じゃないか？」

「え……何が？」

「ここの結界は強化されるわけだし、皇太后様のことは義姉上《あねうえ》も気にかけてくれてるんだし。もう出仕なんか辞めて家に帰れよ。おれ……お、叔母上《おばうえ》だって、そう望んでるぞ」

「なぁに？　また伯父《おじ》様が縁談でも持ってきてるんじゃないでしょうね？」

「ばか、そんなんじゃなくて……ただ、皇太后《こうたいごう》様にしたって、中宮《ちゅうぐう》様にしたって……お偉い方々に仕えてたら、物騒なことばかりだろう。みんな心配してるんだから……」

こんな物騒な場所で、危ない思いをして働くことはないではないか。貴子には帰る家も待っていてくれる家族もあるのだから。

そう続けたかった義時だが、貴子はあっさり話の腰を折って言う。

「つまらないこと言わないで。物騒だというならなおのこと、力及ばないまでもお側《そば》でお護《まも》りしないと。頼ってくださる皇太后様を残して里下がりなんて、できるわけないでしょう」

貴子らしい返事だ。

説得に失敗したにもかかわらず、義時は心のどこかでホッとしてしまう。

心配だから家に帰ってほしいというのは本心だけれど、同時に、貴子には貴子らしく生きてほしいとも思うのだ。我ながら矛盾していると思う。

「話はそれだけ？　私は皇太后様をお待たせしているから、もう行くわね。姫宮様によろしく」

あくまで宮の使いだと思っているらしい貴子は、そう言って踵《きびす》を返しかけたのだが、ふと思い出して義時に言う。

「そうだわ、皇太后様《こうたいごう》から姫宮様に伝言があったの。また頼まれてくれる?」

「……なんだよ?」

「皇太后様は帥 宮《そちのみや》様のことを、今でもじつの我が子……というより、弟のようなお気持ちで気にかけていらっしゃるの。帥宮様がご結婚なさってからも、お文《ふみ》のやりとりはあるのだけれど、お互い自由にならないお立場なので直接お会いする機会はないままで……お文によればご不自由やご不満はないごようすなのだけれど、ほんとうにそうなのか心配していらっしゃるのよ。それで……」

「義姉上《あねうえ》か兄者《あにじゃ》に、帥宮様のところへ行ってお心の内を確かめてくれって?」

「ええ……そう言うと聞こえが悪いけど。誰かに、帥宮様の話し相手になって差し上げてほしいと願っておいでなの」

「……わかった、伝えておくよ」

「ありがとう。ああ、私はもう戻らないと。お願いね」

貴子はそう言うと、今度こそ義時に背を向けた。

迷いのない毅然《きぜん》とした足取りで遠ざかる、唐衣裳装 束《からぎぬもしょうぞく》の後ろ姿。

義時はその後ろ姿を美しいと思い、つい見惚《みと》れるように見送ってしまった。

皇太后宮《こうたいごうぐう》をあとにした義時は、その足で兄の二条《にじょう》の屋敷を訪ねた。寝殿《しんでん》の南　廂《みなみびさし》に通されると、その奥の御簾《みす》を上げた母屋《おもや》に義明《よしあきら》が、御簾を下ろした隣室に宮が座っていた。

それはいつもどおりなのだが、ただひとつ違っているのは、ずっと病人のように寝たり起きたりだった義明が、狩衣《かりぎぬ》をまとっているせいか、すっかり回復して血色もよさそうに見えることだ。見た目どおりなら、体力自慢の義時から見ても驚異の回復力だ。なんといっても、数か月前には死にかけていた兄なのだ。

「……もう、いいのか、兄者《あにじゃ》？」

「寝てばかりいては、かえって回復が遅れるからな。まだ無理はできないが、庭で軽く素振りをする程度なら平気だった」

どうやら実際に昼間、庭で素振りをしたらしい。

「少し元気になったとたんに、これじゃ。義時殿からも何か言うてやってくれ」

「いや、俺は……」

言えた義理じゃないと言いかけ、義時は口ごもった。義時自身も、ほかの者なら寝込むような高熱を、動いて汗をかいて下げてしまうタイプだ。この異母兄弟は、一見似てないようで、じつは根っこのあたりがそっくりなのだ。

義時はその話題から離れるべく、

「それより、義姉上《あねうえ》。じつは……」

強引に話を変えて、貴子からの伝言について切り出した。

「……そうか。親王《しんのう》のことは、私も気になっておるのじゃが……」

ひととおり義時の報告を聞き終え、宮は御簾《みす》越しに言った。

帥宮敦康《そちのみやあつやす》親王の新妻が大納言藤原頼通《だいなごんふじわらのよりみち》の妻の妹だということで、親王の新居には頼通が足しげく出入りしていると聞く。頼通は童殿上《わらわてんじょう》していた幼い頃から親王と付き合いのある親しい間柄ではあるが、皇太后《こうたいごう》彰子の弟でもある頼通に対しては、親王も言えないことがあるだろう。

義時は深く考えもせずに、思いついたままを言う。

「兄者《あにじゃ》は、以前は帥宮様に武芸の稽古《けいこ》をつけて差し上げるくらい親しかったんだろう? 稽古はまだ無理でも、挨拶《あいさつ》に行くくらいしてもいいんじゃないか?」

「俺が、帥宮様に……?」

義明は、驚いて御簾越しの宮を振り返った。先帝の第一皇子《おうじ》などという高貴な相手に武芸の稽古をつけていた記憶は、もちろんない。それが真実《ほんとう》かどうか、誰かに確かめずにはいられなかった。

宮は少し迷ったが、嘘《うそ》をついても仕方がないと、うなずいて言う。

「……親王は、私にとっても弟のような存在じゃ。殿のことも兄と慕って、殿のように強くなりたいと憧《あこが》れておられる」

「……そう、なんですか？」

　自覚もないまま、義明はつぶやいた。昼間、軽く太刀《たち》を握って振ったとき、柄《つか》の手に馴《な》染《じ》む感覚を心地よいと思った。もっと体力を取り戻して、思いっきり動きたいと感じたのは、たぶん以前の自分は毎日のように体軀《からだ》を鍛えていたからなのだろう。

　若き親王《しんのう》に憧れてもらえるほどの腕前だったかどうかは、疑わしいと思うのだが。

　そういえば、先日見舞いに来てくれた源頼定《よりさだ》が、「帥宮様《そちのみや》も心配しておられたので」と言っていた。

「俺は……そんなに頻繁に、帥宮様のところへ伺っていたのでしょうか？」

「頻繁というほどではなかったが……多少は……」

　宮は控え目に肯定したのだが、続けて、義時が豪快な口調で言い放つ。

「今上《うえ》の御代《みよ》になってからは、言っちゃあなんだが、兄者《あにじゃ》も帥宮様も以前ほど忙しい身の上ではなくなってたからな。お妃《きさき》の琴姫《ことひめ》様がご婚礼前に病に臥《ふ》されたときは、帥宮様からの見舞いの使者も兄者が務めたと聞いたぞ」

「…………」

　義明は驚いて黙り込んだ。

　義時の言うとおりだとすると、自分はずいぶん親王と親しくしていたことになる。ならば、こうして起きて動けるまでに回復したというのに報告もしていないのは、失礼なことではないだろうか。

「だとしたら……近いうちにご挨拶《あいさつ》に上がらないと……」

「ああ、そうしたほうがいいと思うぞ。皇太后《こうたいごう》様のご希望も叶《かな》うわけだし」

義明の言葉に、義時が無責任に同意した。

宮はなぜか、賛成できないと言わんばかりに眉《まゆ》をひそめたが、否定はせずに歯切れ悪く言う。

「……あちらの都合を伺ってからだな。親王《しんのう》とて……義時殿が言うほど時間を持て余しておられるわけではあるまい」

宮が乗り気でないらしいことは、なんとなく理解できる義時だが、その理由は知る由《よし》もない。

「そりゃあ、そうだ。帥宮《そちのみや》様といえば、いちおうは大宰府《だざいふ》を預かる長官だからな」

仕方なく適当な相槌《あいづち》を打つと、とりあえず用件は伝えたからと、早々に退散した。

宮は、いつかのように義時を見送りには立たなかった。

義明はそんな宮を御簾《みす》越しに見やり、そっと声をかける。

「……宮様、そちらへ行っても、いいですか？」

「あ……ああ、いや、私が参ろう」

考え事でもしていたのか、宮は少し遅れて言葉を返し、それから女房《にようぼう》に御簾《みす》を上げさせて義明の傍《かたわ》らに座った。

物思いに沈んだ白い美貌《びぼう》は、どこか不機嫌にさえ見える。

「……もしや、俺が帥宮《そちのみや》様のところへご挨拶《あいさつ》に伺うのは、分不相応で、かえって失礼なことなのでしょうか？」

だから宮が渋っているのだろうかと、義明は考えたのだ。だが。

「そんなことはない。先日、源宰相《げんのさいしょう》も申しておったとおり、親王《しんのう》は殿の怪我《けが》を心配しておられるだろう。殿の元気な姿を見れば、安心なさるに違いない」

「では、俺は南院《みなみのいん》に伺ったほうがいいのですね？」

「……そう……だな」

「何か不都合があるのなら、おっしゃってくださいね？」

宮の歯切れの悪さに、義明は念を押すように言ってみた。世間の常識や礼儀に従えば挨拶に行くべきでも、それとは別に、宮には何か引っかかることがあるのかもしれないと思ったからだ。事実、それは的を射た考えだったのだけれど。

宮はしばし迷うように義明を見つめ、やがて、貌《かお》を背《そむ》けて吐き捨てるように言う。

「何の不都合があろう。むしろ、いつまでも挨拶に行かぬのでは、そのほうが無礼じゃ。明日にでも使いを出すゆえ、行かれるがよい。ただし……まだすっかり復調したわけではないのじゃ、弓矢の稽古《けいこ》をしようなどと申すでないぞ」

「……はい、肝《きも》に銘じて」

宮の心がわからない義明には、行けと言われればそう答えるしかなく……。

けれど、宮はさらに表情を曇らせて黙り込んでしまった。

本当は、義明を南院へ行かせたくないのだ。

南院には、琴姫の女房《にょうぼう》として仕える〈月の姫〉香久夜《かくや》がいる。宮は、義明を長屋王《ながやおう》の生まれ変わり呼ばわりして手に入れたがっている〈月の姫〉を、義明にはまだ会わせたくなかった。

(殿の記憶が戻る前に、香久夜に会って……もし、長屋王の記憶を取り戻したら……)

前世は前世、今の義明には関係ない。そう思おうとしても、不安は消えない。

そのうえ、香久夜は美しい。

美貌《びぼう》ばかりではない。妖艶《ようえん》な肢体は今を盛りと咲き誇る大輪の花か、あるいは熟れた果実のように甘く香り、ヒトを惑わす。たとえ義明が長屋王の生まれ変わりでなかったとしても、男なら誰でも、心動かさずにはいられないだろう。

現に、記憶をなくす前の義明は、香久夜のさまざまな企《たくら》みや悪事を知りながらも、それを庇《かば》うかのような言動が少なくなかった。それを思えば、なおのこと。

(まだ、早い。記憶もなく無防備な心のまま、香久夜に会えば……)

宮の細い肩が、悪寒《おかん》に震えた。

しかし、いや、だからこそ、そんな理由で義明を引き止めることが、宮にはできなかった。つまらない意地かもしれないが、不安を認めてしまえば〈月の姫〉に負けたことになりそうで……〈神の子〉の誇りがそれを許さないのだ。

それに、義明が南院を訪ねれば、敦康親王《しんのう》は心から喜んでくれるだろう。立場上、己の気持ちを抑えがちな親王にとって、義明は数少ない「甘えられる相手」だった。宮も、親王を喜ばせてやりたいという気持ちは強い。

とはいえ、やはり迷いはある。

こんなことで義明を失いたくはないと、心が訴えている。〈月の姫〉に義明を奪われるくらいなら、なりふりかまわず引き止めるべきではないのだろうか……。

だが、ついに、宮の口から引き止める言葉は出なかった。

願わくは、南院で義明が香久夜と出会いませんように……。

そんな好機を〈月の姫〉が逃すはずがないことくらい、宮は誰よりもよく知っていたのだけれど。


南院への訪問は、義明にとって記憶をなくしてから初めての外出だ。

出がけに宮が持たせてくれたのは、護符代わりだという見事な玻璃《はり》の数珠《じゅず》だった。大きな六つの玻璃の珠《たま》と、それらをつなぐ小さな珠から成る、美しい数珠。

本来は九曜《くよう》の式神《しきがみ》たちが宿る玻璃の珠が九つあるのだが、水曜星と計都星はそれぞれ野《の》の宮《みや》の当子内親王《とうしないしんのう》と貴子の守護についており、〈月の姫〉に支配されやすい月曜星には宮が居残りを命じていたのだ。

式神のこともすっかり忘れている義明は、珠の数など気にすることもなく、久し振りに着た束帯《そくたい》の懐《ふところ》に数珠を入れ、牛車《ぎっしゃ》に揺られていた。貌《かお》も覚えていない親王《しんのう》に会うことへの心細さはあったが、それゆえに宮が数珠を貸してくれたのだと思うと、そんなふうに気にかけてもらえることが嬉《うれ》しかった。

南院は義明の二条の屋敷からそう遠くはない。馬ではなく牛車を使ったわりには、さほど時間もかからずに到着できた。

知らせを受けていた親王の女房《にょうぼう》たちが、中門《ちゅうもん》で出迎えてくれる。

「ようこそ、蔵人権頭様《くろうどのごんのとう》、お久し振りでございます」

親しげに微笑《ほほえ》んで頭《こうべ》を下げるのは、以前からの顔見知りの女房だからなのだろう。残念ながら記憶のない義明はどう返していいかわからずに、かえって気まずい思いもしたが、それでも邪険にされるよりはずっと心強かった。

「お怪我《けが》は、もうよろしいのですか？」

「いらしていただけて嬉《うれ》しゅうございます」

口々に並べた女房《にょうぼう》たちは、義明の記憶のことは知らなかったが、返事がないのはまだ病み上がりのせいだと考え、あまり気にとめずに義明を奥へと案内する。

通された廂《ひさし》の間《ま》には、畳の上に褥《しとね》と脇息《きょうそく》が置かれていた。

「帥宮《そちのみや》様はすぐおいでになられますので、どうぞお楽になさってお待ちくださいませ」

案内してくれた女房はそう言って、義明に褥に座るよう勧めてくれた。

さすがに挨拶《あいさつ》もしないうちから褥に座るのは気が引けて床に座ると、待つほどの間もなく、巻き上げられた御簾《みす》の向こうに烏帽子直衣《えぼしのうし》姿の若者が現れた。

義明が平伏《ひれふ》して迎えると、若者がゆっくりと座る衣擦《きぬず》れの音がした。

「ようこそいらしてくださいました、蔵人権頭《くろうどのごんのとう》。どうか、面《おもて》を上げてください」

声変わりしたばかりの、少しかすれた優しい声。

親しみの込められたその口調に、義明はかえって戸惑ってしまう。

「……大変、ご無沙汰《ぶさた》しております」

「大変なお怪我《けが》をなさったと、伺いました。もうお加減はよろしいのですか？」

「はい。お陰様で、こうして出歩けるまでに回復しております」

義明は、元気そうに見えるようにと胸を張って言いきった。

その際、まっすぐにこちらを見つめる親王《しんのう》と、目が合った。

目許《めもと》の涼やかな、利発そうで気品に満ちた白い面《おもて》。ともすれば冷たい印象を与えかねない美貌《びぼう》だが、わずかに微笑《ほほえ》んだ口許が全体を柔らかく見せている。

少し痩《や》せて見えるが、十六歳という成長期の少年にはありがちなことだろう。

その親王《しんのう》が、ためらいがちに尋ねる。

「お怪我《けが》のせいで、たくさんの記憶をなくしてしまわれたのだと、姉宮様からのお文《ふみ》にありましたが……私のことや、一条院《いちじょういん》で弓矢や太刀《たち》の稽古《けいこ》をつけてくださったことも、忘れておしまいですか？」

「……申し訳ありません。大きな声で申し上げることでもありませんが、じつは、同じ血を分けた身内のことさえ覚えていないのです」

親王は哀《かな》しそうな表情《かお》をして、それからゆっくりと口の両端を引き上げるように微笑んで言う。

「でも、お元気になられたのだから、いまに思い出してくださいますよね。ああ、そうでなくても、また覚えてください。今はまだ無理のできないお体軀《からだ》なのでしょうが、そのうちすっかり回復なさったら、以前のように武芸の稽古をつけてください。お願いして、いいですか？」

「……私でよろしければ」

義明の返事に、親王は心から嬉《うれ》しそうな笑みを浮かべた。

そうやって笑うと、端正な美貌《びぼう》があどけない少年の表情《かお》になる。

宮中での複雑な立場ゆえに己の気持ちを押し隠すことに慣れてしまった親王《しんのう》だが、ほんとうは繊細な感性の、情緒豊かな若者なのだ。

その笑顔を引き出せただけで、義明は訪ねてよかったと思った。

この日は、その後も他愛《たわい》ない話などして、義明は当初の予定より長い時間を親王とともにすごした。昨年結婚したという琴姫の話題を振ると、若い親王ははにかんで話を逸《そ》らしてしまったが、照れくさそうなその表情から、仲良く暮らしていることが窺《うかが》えて、見ているだけで微笑《ほほえ》ましい気持ちになった。

皇太后《こうたいごう》彰子が気にしていたような愚痴が親王の口からこぼれることはさすがになかったが、親王は義明の記憶がないことなど忘れてしまったかのように打ち解けていた。

「……ああ、つい長居をしてしまいました」

もう陽《ひ》が傾きかけていることに気づき、義明は言った。

室内も、少し薄暗くなってきたようだ。

「病み上がりと伺っていたのに、こんなに長く引き止めてしまって……」

「いいえ、こちらこそ、居心地のよさに甘えてお邪魔してしまいました」

「どうか、またいらしてくださいね。お待ちしています」

「ありがとうございます。きっとまた」

義明は退出の礼をして、立ち上がった。

「姉宮様にも、よろしくお伝えください」

さっきも聞いた「姉宮様」という呼称が宮を指していることはなんとなく理解できて、義明は深くうなずいて微笑《ほほえ》んだ。

そうして細殿《ほそどの》を通り、車 舎《くるまやどり》に向かう途中。

「……義明様……」

細い声で名を呼ばれ、義明は驚いて足を止めた。

親王《しんのう》の御所《ごしょ》で、役職ではなく名で呼ばれるのは……相応《ふさわ》しくない気がした。誰か、義明と個人的に親しい者が、親王に仕えているのだろうか。

細殿より床が一段高くなっているところに、誰かが立っていた。

重ねた女房装束《にょうぼうしょうぞく》から女人《にょにん》だとわかるのだが、手前に衝立《ついたて》が置かれていて、そちらは暗くて見渡せない。

「……どなたでしょう？」

「私です……どうか、こちらに」

そんなふうに親しくしていた知人なのか。記憶がないだけに邪険にはできず、義明は招かれるままに歩み寄った。

廂《ひさし》を衝立で区切っただけの小さな部屋に、その女人は立っていた。

夕暮れも近い薄明かりの中。

「お久し振りにございます……まだ、おわかりになりませんか？　香久夜です」

名乗られて、貌《かお》が見えるほど側《そば》に寄られても……それは思わず息を呑《の》むほどの美貌《びぼう》だったが、思い出せなかった。そのくせ、なんとなく見覚えがあるような気もするのは、物語などを聞いて頭に思い描く絶世の美女というのはこのような姿なのだろうと考えてしまったせいだろうか。

宮の美しさにも驚いた義明だが、この香久夜と名乗った女人《にょにん》からは、造形の美しさばかりではない妖艶《ようえん》な色香とでも呼びたい何かが感じられ……好意より先に欲望が掻《か》き立《た》てられてしまいそうな、奇妙な感覚に襲われた。

香久夜が、義明を覗《のぞ》き込《こ》むようにして尋ねる。

「私のことも、忘れてしまわれたのですか？」

「……すみません、俺は……」

「酷《ひど》いお方……二度も、私を忘れてしまうなんて……」

嘆きの声とともに胸にすがりつかれ、義明は振《ふ》り解《ほど》くこともできずにうろたえる。

衝立《ついたて》のおかげで外から見られる心配のないのが、せめてものさいわいだ。

それにしても、この女人は何者なのか。

義明が記憶をなくしたことも知っているようだが……。

義明の胸にしがみついていた香久夜は、やがて、その両腕を義明の背にまわして抱きついた。衣越しに押し当てられる豊かな膨らみの、温かく柔らかな感触に、義明はさらに動揺した。

男と女の仲でなければ、女人《にょにん》のほうからこんなふうに抱きついたりはしないだろう。

だが、義明には、高貴な宮を妻に持ちながらこんな美しい女人を愛人にしている自分というものが、想像できなかった。一夫多妻の貴族の暮らしとしてありえないことではないのだが、自分にそんな器用な真似《まね》ができるとは思えない。魂が間違って別人の肉体に宿ってしまったのではないかと、疑いたくなる。

「……ど……どうか、離れてください」

「義明様……？」

香久夜が貌《かお》を上げた。

ぬれぬれと輝く、黒い瞳《ひとみ》。誘うように薄く開かれた、ふっくらとした官能的な唇。触れてしまいそうなほど間近で見上げられ、義明は逃げるように横を向いた。見つめていると、自分が取り返しのつかないことをするのではないかと不安になる。

香久夜は言う。

「どうか思い出して、私との約束を果たしてくださいませ……長屋王様」

「……長屋王……？」

記憶をなくした義明が目覚めたとき、たしかあのとき、宮もその名を口にしなかっただろうか。あのときは何が何だかわからなかった義明だが、今は、それが三百年も前の人物であったことくらいは知っている。

「私のことを、変なことを言う女だと思っていらっしゃるのですね？」

「そういうわけでは……」

「思い出してくださいませ、長屋王様。約束しましたでしょう？　生まれ変わったら、今度こそ私ひとりを愛してくださると……」

香久夜はそう訴えて、義明の手を白い両手で包むように握った。

その手を振り払う間もなかった。

香久夜の白い手から何かが流れ込み、過去の出来事が、まるで目の前で起きているかのように義明の頭の中に蘇《よみがえ》る。

長屋王がはじめて〈月の姫〉香久夜と出会った晩のこと。

ともに暮らし、語り合い、心を交わし……けれど、皇族としての責務を果たそうとした長屋王は、香久夜との来世を夜空の太一《たいいつ》に誓い、やがて新興の藤原氏の姦計《かんけい》により非業《ひごう》の最期《さいご》を遂げたこと。

「…………」

香久夜の記憶が流れ込んでいたのは、現実の時間ではおそらく一瞬のことだった。

だが、香久夜に出会ってから亡《な》くなるまでの長屋王の半生を、あたかも己が生きたかのように追体験させられ……義明は、口の中がカラカラに渇くのを感じた。

見せられた出来事のひとつひとつに、既視感を覚えていた。

当然だ。義明はかつて一度、まったく同じ香久夜の記憶を見せられていたのだから。だが、今の義明には、これが二度目だという記憶がない。

(これは……俺の記憶なのか……？)

(では、俺は長屋王の……？)

生まれ変わりなどということを、素直に信じて受け入れられるわけではないけれど。

「私は、あなた様が亡くなられてからずっと、転生なさるのをお待ち申し上げておりました。捜し出すのに手間取っているうちに、あなた様はあの女宮様と結婚なさってしまわれたけれど……恨んではいませんわ。だって、あなた様は私との約束を守って、その方とは契《ちぎ》らずにいてくださったのですもの」

香久夜は甘えるように義明の胸に頰《ほお》を寄せ、嬉《うれ》しそうにささやいた。

(〈月の姫〉との約束のため……？　それで……)

宮との不自然な関係は、香久夜との約束を守るためだったのか。

ようやく納得できたような気もしたが……心のどこかで、それを受け入れがたく思っているのも事実だった。

義明は、軽い目眩《めまい》を覚えて目を閉じた。記憶と思考が交錯して、考えをまとめることができない。

「長屋王様……」

甘い声でささやかれ、目を開けば、そこには、たぶん懐《なつ》かしい、愛《いと》しい女の貌《かお》……。

来世の愛を誓うほど愛したはずの、ただひとりの……。

抱き寄せて、唇を重ねたい衝動に駆られた。

気持ちは通じ合っているのだろう。香久夜は義明に身を委《ゆだ》ね、瞳《ひとみ》を閉じる。

その瞬間――。

「……っ」

義明は、胸のあたりにチリチリと熱い痛みを覚えた。

いや、痛かったわけではない。ただ、そこが気になって……香久夜から離れて懐《ふところ》に手を入れる。

手に触れた硬い感触は、宮が手渡してくれた玻璃《はり》の数珠《じゆず》。

（宮様……）

義明の脳裏に、宮の貌が蘇《よみがえ》った。

混沌《こんとん》としていた頭に、清涼な風が吹き抜けたような気がした。

ああ、そうだ。前世での約束が真実だとしても、今、義明の妻は宮なのだ。

それだけが、今の義明にとって確かなこと。

たとえ、香久夜との約束ゆえに契《ちぎ》ることのない夫婦《めおと》だったのだとしても、宮との関係を清算もせぬうちに昔の恋に溺《おぼ》れるわけにはいかない。それに……。

「長屋王様……？」

「蔵人《くろうどの》権頭《ごんのとう》様、お待たせしました、お車の支度ができましたぁ」

香久夜の声に重なって、牛飼《うしか》い童《わらわ》の声が遠くから聞こえた。

「……すみません、私はもう行かなければ」

早くも衝立《ついたて》の外へと足を向けた義明に、香久夜は追いすがろうとはしなかった。

ただ、

「また……お会いできますわね？」

消え入りそうな声で尋ねられ、義明には首を横に振ることなどできなかった。敦康親王《しんのう》との約束もあって、南院にはまた来ることになるという思いもある。

曖昧《あいまい》にうなずき、あとは振り返らずに細殿《ほそどの》を渡って車にと乗り込む。ここで逃げるのは男らしくないと感じて後ろめたかったが、あやふやな気持ちのまま結論を急げば、取り返しのつかない過《あやま》ちを犯しかねない。

どっと疲れた気がするのは、久し振りの外出だったからなのか。

（帰って、少し休もう……）

考えるのは、それからだ。

義明は無意識のうちに懐《ふところ》をまさぐり、玻璃《はり》の数珠《じゅず》を握りしめた。

　帰宅後、義明は東の対屋《たいのや》の宮に簡単な挨拶《あいさつ》だけして、玻璃の数珠を返して礼を述べ、夕餉《ゆうげ》まで少し休みたいのでと寝所《しんじょ》に引き揚げた。

　敦康親王《しんのう》のようすなど宮に報告すべきことはいろいろあったのだが、頭の中がまだ混乱していて、何をどこから説明すればいいのかわからなかった。香久夜と名乗った女人《にょにん》のこともあって、それは宮には言わないほうがいいだろうと考えると、単純な義明にはますます物事が複雑に感じられて気が重い。

　もっとも、義明の説明など、宮には必要ではなかった。

　九曜《くよう》の式神《しきがみ》たちの宿る数珠が同行していたのだ、義明が見聞きしたことなら細大漏らさず知ることができる。当然、香久夜と義明の会話も筒抜けだ。

「……私への当てつけであろうか……」

　義明が寝殿《しんでん》へと行ってしまうと、宮は数珠を棚に置き、不愉快そうにひとりごちた。

　義明に対する言葉ではない。

　義明の懐に式神《しきがみ》がひそんでいたことを、〈月の姫〉ともあろうモノが見落とすはずがなかった。その場で交わされる会話やそのときの義明の態度など、すべてが宮の知るところになると承知の上で義明にあんな話をしたに違いないのだ。そうすることで、香久夜の言葉に動揺する義明をわざと宮に見せつけ、嘲笑《あざわら》うつもりなのだろうか。

それは、隠し事などしなくても必ず義明を奪ってみせるという、香久夜の自信の表れなのか、宮に対するはったりなのか。

「つまらぬことを……」

義明を南院に行かせた時点で、こうなるかもしれないという予測はできていたのだ。いまさら宮が動揺することではない。

そう思うのに、宮の心は少なからず苛立《いらだ》っていた。

義明を行かせたことを後悔などしていないつもりなのに、心が沈む。

一方、そんな宮の気持ちも知らず、自室で寝床に横になった義明は、眠れないままさまざまに思いをめぐらしていた。

（あの女の話が、真実《まこと》だとしたら……）

三百年も前の長屋王の生まれ変わりだと言われ、すぐに納得できるわけではなかったけれど。嘘《うそ》だと突っ撥《ぱ》ねてしまうには、香久夜に見せられた記憶は鮮明で……あのとき義明は、少なからず長屋王の心情に同調してしまっていた。

もし、義明が長屋王の生まれ変わりで、当時の約束を果たすために香久夜が義明を捜し出してくれたのなら……。

(俺は、その想《おも》いに応じるべきなのだろうか)

すでに結婚しているとはいえ、その約束ゆえに妻とは夫婦《めおと》の関係を結ばずにいるのだとすれば、それは妻の宮に対しても失礼で不自然なことだ。

ならば、いっそ宮とは離別するべきなのではないだろうか。それこそが男として正しい道のように思え……けれど、義明はなぜか決心することができなかった。

急な話だからだろうか。

いや、違う。

記憶をなくして目覚めてからずっと、ほとんど寝たきりだった義明の狭い世界は、宮を中心にまわっていた。毎日、宮が側《そば》にいてくれることが嬉《うれ》しかった。

どうやら以前から枕《まくら》を並べることのない夫婦だったらしいとわかってからも、それを残念に思いこそすれ、宮本人に不満を感じたことはなかった。

それどころか……言葉にするのもいまさらだが、たぶん、とても好きなのだ。

(宮様は何も教えてくれないが、きっと何か事情があって降嫁《こうか》させられたのだろう)

(それでも離別もしないで、なのに何年も寝所《しんじょ》を分けていたのは……俺が、宮様にとってよい夫ではなかったからかもしれない)

だとしたら、今からでも悔い改めて、償って、宮を幸せにしたい……。

つい昨日まで、そう考えていた義明なのだ。

それがまさか、前世のこととはいえ、ほかに約束を交わした相手がいようとは想像もしていなかった。

(それが理由で宮様とは契《ちぎ》らなかったのだとしたら……そもそも結婚なんかしなければよかったじゃないか)

他人事《ひとごと》のように腹が立って、それがほかならぬ自分なのだと自覚したとたん、気持ちは激しく落ち込んだ。

(いったい……記憶をなくす前の俺は、どんな男だったんだ?)

宮を苦しめていた不実な男なのだと想像すると、自分で自分が赦《ゆる》せない。

そうしてさんざん自己嫌悪《じこけんお》に陥り、己を罵倒《ばとう》して……義明は深い溜《た》め息《いき》をついた。

脳裏に、先日重家《しげいえ》が言ってくれた言葉が蘇《よみがえ》る。


——以前がどうであろうとよいではないか。今、義明がしたいようにすれば——

記憶をなくす前の自分がどうだったのであれ、まして前世が何者だったのだとしても、今の義明には宮が大事なのだ。過去も前世もなかったことにして、夫婦《めおと》として宮とやり直したいと願ってしまうほど……心は宮に占められている。

だが、それは虫のいい願望だ。

宮と名ばかりの夫婦《めおと》であった過去を――まったく覚えていないとはいえ――なかったことにはできない。

そのうえ、前世で約束を交わしたという〈月の姫〉は、義明のためにふたたび現世《うつしょ》に降りているのだ。男として、知らぬ顔はできない。

（俺は、どうするべきなのだろう……）

自分自身の過去さえ思い出せないのに、先のことなど決められるわけがない。

それでも……これは己の責任で選ばなければならないことだった。

こんなふうに心に迷いがあるまま、宮と接するのは気が引ける。

だが、やがて夕餉《ゆうげ》の支度を知らせる女房《にょうぼう》が来て、いつものように寝殿《しんでん》の一室に義明と宮の膳《ぜん》が並べられた。

そこへ小袿《こうちぎ》姿の宮が現れて席についたのが、几帳《きちょう》越しの気配でわかった。

いつまでも宮を待たせてはおけず、義明は覚悟を決めて部屋を出た。

「……お疲れのようじゃが、もうよいのか？」

「は、はい。食欲もありますし」

的はずれの返事のような気はしたが、義明は宮とは視線を合わせずに膳の前に座り、箸《はし》を手にした。

宮はそんな義明をチラリと見たが……香久夜との出会いで動揺していることはわかっていたので、よけいなことは言わずに食事を始めた。そして、義明が話をしやすいようにと、何気ない口調で敦康親王《しんのう》の話題を振る。

「ところで、今日は親王には会えたのであろう？　お元気であられたか？」

「はい。俺の体調のことにも気遣ってくださって、そのうち南院で武芸の稽古《けいこ》をとお約束してまいりました。さすがに新婚の琴姫様にはお会いできませんでしたが、見るからにお幸せそうでしたよ」

数珠《じゅず》の式神《しきがみ》たちがすべてを報告ずみだとは知る由《よし》もなく、義明は説明した。

義明はいまだに、宮が〈神の子〉であることを知らない。当然、式神を自在に使う身であることなど、想像もしていなかった。

少し前までは義明が寝たきりで、宮にしても言う機会がなかったせいなのだが。

（そろそろ、説明しておいたほうがよいのであろうな……）

今日の訪問でわかった限りでは、敦康親王の周囲には、道長や彰子の前に現れた霊の気配などなかった。

だが、いつまた以前のように、宮とヒトならざるモノたちとの闘いに義明を巻き込むことになるかわからないのだ。そうなる前に、宮のことや式神たちのことを多少は教えておかなければ、義明を不用意に危険にさらすことになりかねない。

そうは思うものの、内容が内容だけに、きっかけもなく切り出すのは難しい。平和な夕《ゆう》餉《げ》の席でいきなり怨《おん》霊《りよう》や式神《しきがみ》の話をされても、信じる以前に理解できないというのが普通のヒトの反応だろう。

それに宮自身、己の出生や不可思議な能力《ちから》のことを、いまさら懇切丁寧に義明に説明するのは気が進まなかった。

我知らず、吐息が漏れる。

（忘れてしまう殿が、悪いのじゃ……）

義明の記憶が失われた原因は、おそらく、生命《いのち》の大半を龍《りゆう》の宝珠《たま》に吸われたことにあるのだろう。あのとき義明が己を犠牲にしなければ、現世《うつしよ》のモノならぬ火龍《かりゆう》は、琴姫や二条《にじよう》第《だい》の者たちの生命を奪っていたかもしれないのだ。義明の行動は、責められるべきものではなかった。

それでも、危うく生命を落とすところだった義明に対し、宮は苛立《いらだ》ちを覚えていた。たやすく己の生命を投げ出す行為も気に入らないし、あげくに宮のことさえ忘れてしまったことが許せない。

いや、許せないというのではない。ただ、宮が降嫁《こうか》してからの九年間を――その間、すべてが順調だったわけではなかったが――交わしたたくさんの言葉や約束を、義明が一方的に忘れてしまった、そのことが……せつなくて、つらい。

ヒトらしい想《おも》いなど知らなかった〈神の子〉の宮に、ヒトの温《ぬく》もりや愛《いと》しさを教えたのは義明なのに。その義明が、宮とのすべてを忘れてしまったのだ。

さらに、義明としての記憶をなくした魂に、前世の長屋王の記憶が残っているのではないかと考えてしまうと、焦燥感に、宮の苛立《いらだ》ちはさらに募った。

「宮様……？」

いつのまにか箸《はし》が止まって溜《た》め息《いき》を繰り返すばかりの宮を、義明が心配そうに覗《のぞ》き込《こ》んでいた。

そんな半端《はんぱ》な優しさが、かえって腹立たしい。

何もわからないくせにと、思ってしまう。

宮にだってわかっている、義明が悪いわけではない。それでも、苛立ちをぶつけずにいられなくて、つい皮肉な口調で言ってしまう。

「南院で会われたのは、敦康親王《しんのう》ばかりではあるまい？」

「え……いいえ、その……」

突然の問いかけに驚いて言《い》い淀《よど》んだ義明に、宮はカッと頭に血を昇らせた。

（何もかも忘れておるくせに……それでもやはり、香久夜とのことだけは私に隠そうとするのか!?）

嫉妬《しっと》にも似た失望が胸を衝《つ》き、もはや宮には己を制することができなかった。

己が何を言っているのかさえわからないまま、悲鳴のように口走る。

「もうよいっ……言えぬなら、いっそのこと香久夜の許《もと》へ行ってしまえ！」

「……宮……様……」

驚愕《きょうがく》に見開かれた義明のまなざしが、一瞬にして宮の熱を冷ました。

宮は己の言葉を後悔したけれど……撤回したいのに、言葉が出ない。

義明は宮を見つめ、それから視線を落として哀《かな》しげに言う。

「……宮様が、そう望まれるなら……」

「………………」

そんな返事が聞きたかったのではない。

香久夜のところへなど、行かせたくない。

そう思うのに、口にできない宮の気持ちは、義明には伝わらなかった。

宮はいたたまれずに、立ち上がった。

乱暴に引いた小袿《こうちぎ》の裾《すそ》が食べかけの膳《ぜん》の脚にかかり、膳が動いて汁物が椀《わん》からこぼれたけれど、振り向きもせずに東の対屋《たいのや》に駆け戻る。

宮は御帳《みちょうだい》台にこもると、褥《しとね》に伏して衾《ふすま》に貌《かお》を押し当てた。

あんな言い方をした自分のほうが悪かったのは、わかっている。

義明からは望む言葉以外聞きたくないと思ってしまうのは、ただのわがままだ。それもわかっている。それでも……。

宮が〈神の子〉であるために夫婦《めおと》の契《ちぎ》りを結ばず、それでも愛していると言い、いつまででも宮を待つと言ってくれた義明は、どこへ行ってしまったのだろう。

以前の義明なら――少なくとも、記憶をなくす直前の義明だったなら――宮の心にもない言葉を真に受けて、それを本心だと誤解したりはしなかっただろうに。素直に言えない宮の本音を、わからないまでも推し量ろうと努力してくれたはずだった。だが。

（……殿は、もう……）

義明は、宮を愛していたことも忘れてしまったのだ。

昔の義明は、もうどこにもいない。

体軀《からだ》は同じ義明のものでも、魂は……たとえ同じ義明の魂であったとしても、その心や気持ちは、もはや同じとは言えない。

喪失感に、宮は言葉をなくして目を閉じた。

大きく息を吸って、吐き出す。

こんなことで心を乱されている場合ではないと、己を叱咤《しった》してみる。

義明に数珠《じゅず》を持たせたのは、道長や彰子を苦しめていたモノが敦康親王《しんのう》のそばに居るかもしれないと用心してのことだったのだ。香久夜とのことを盗み見るためではない。

宮にはいまだに、斎宮《いつきのみや》の霊らしきモノの正体がわからないのだ。早く次の手を打たなければ……蛸蛉の結界《けっかい》だけでいつまでもやりすごせる相手ではないかもしれないのに。

そんなふうに己を奮い立たせてみるけれど。

うつむいた義明の姿が脳裏に蘇り《よみがえ》……宮はきつく唇を噛《か》んだ。

もう、終わりにするべきなのかもしれない。

こんなふうに義明に八つ当たりしてしまうくらいなら、そんなことを繰り返すばかりなら、いっそ別れてしまったほうがお互いのためだ。

そう思うのに……決断できず、宮は失意に目を閉じた。


一方、取り残された義明は、箸《はし》も置いてただ呆然《ぼうぜん》とふたつの膳《ぜん》を見下ろしていた。

あらかた片づいている義明の膳と違って、宮の膳は申し訳程度に箸がつけられただけで、こぼれた汁が底の一方に溜《た》まっている。

年配の女房《にょうぼう》が遠慮がちに現れ、若い女房に指示して膳を下げさせた。

義明は心ここにあらずの体《てい》で、そんなようすを見るともなく眺めていた。

宮が何を怒って行ってしまったのか、いまだにわからない。

そういえば、以前重家が見舞いに来てくれたときも、こんなふうだった。

義明には、宮が何を考えてどう感じているのか、まるで理解できない。

ただ、今のは間違いなく、ほかの誰でもない義明が宮を傷つけたのだ。
（……泣かせてしまった……？）
涙を見たわけではなかったけれど、そんな気がして胸が痛んだ。
宮を哀《かな》しませたくなどないのに。
（俺は……以前からこうだったのだろうか……）
宮の気持ちもわからない朴念仁《ぼくねんじん》で、自覚もなく宮を傷つけてばかりいたのだろうか。
だとしたら、こんなとき、どうやって宮を慰めていたのだろう。
慰めることが、できていたのだろうか……。
記憶がないことが、こんなにもどかしいなんて。
情けなさに、義明は深い溜《た》め息《いき》をついた。

四　野宮《ののみや》の怪異

「悪いな、道雅《みちまさ》。また邪魔しておったぞ」

二条第《にじょうだい》の寝殿《しんでん》。亡《な》き伊周《これちか》の寝所《しんじょ》であったその一室で、藤原中納言隆家《ふじわらのちゅうなごんたかいえ》は酒を満たした杯《つき》を傾けながら、帰宅したばかりの若い当主を迎えた。

当主の道雅は嫌な表情《かお》ひとつせず、叔父《おじ》の傍《かたわ》らに腰をおろす。

父が亡くなってから世間の冷たさをさんざんに味わった道雅は、たとえ酔っ払っていても、信頼できる叔父が側《そば》にいてくれるとそれだけでホッとできるのだ。相変わらず右目を布で覆ったままの叔父が深酒を繰り返すのは心配だが、もともと酒好きの家系だ、ことあるごとに飲まずにいられない気持ちは、さほど飲まない道雅にも少しはわかる。

「……何か、変わったことでもありましたか？」

世間話のような気楽さで尋ねた甥《おい》に、隆家はう〜んと低く唸《うな》って言う。

「どうするべきか考えあぐね、あの世の兄上に相談しておったのだがな……兄上は答えてくれぬわ。まあ、どうせ優柔不断な兄上のことだ、生きていても『おまえがよいと思うようにすれぱいい』とか言うのだろうな」

暴言を吐いてカラカラと笑ったあと、隆家は黙って聞いている道雅に説明する。

「じつは、今日……大宰府《だざいふ》に行ってはどうかと……持ちかけられた」

「大宰府に⁉」

「ああ。今の大宰大弐《だざいのだいに》が辞表を出しているとかで、後任をめぐって受領《ずりょう》どもが我も我もと大騒ぎしておるらしいのだがな」

「それは、私も聞いておりましたが……」

道雅は不服そうに眉《まゆ》をひそめた。

大宰府は都から遠いながらも、異国との交流の中心地となる要所だ。それゆえ、長官の大宰帥《だざいのそち》は親王《しんのう》から選ばれるのが常で、今も敦康《あつやす》親王が就任して帥宮《そちのみや》と呼ばれている。ただし、親王が都を離れて自ら任地に赴くことはないため、次官である大宰大弐が実質上の責任者となる。私腹を肥やしたい受領階級の者たちにとっては、魅惑の役職だ。

その一方で、都からはあまりに遠いため、代々中央官僚として暮らしてきた貴族たちには流刑《るけい》の地ともなりうるのが大宰府だ。現に、道雅の父伊周も花山院《かざんいん》不敬事件で失脚した折には、大宰権帥《だざいのごんのそち》として左遷されたという経緯《ゆくたて》がある。

おかげで、道雅にとって大宰府は左遷の地という印象しかない。

「どなたです、叔父上《おじうえ》にそんな失礼な話をするのは？」

「そう、いきり立つな。話を持ちかけてきたのは権中納言《ごんのちゅうなごん》行成《ゆきなり》だが、悪気があってのことではないのだ。大宰府《だざいふ》というのは、おまえも知っているとおり、異国の人と物があふれる特殊な地だ。聞いたところでは、唐《とう》渡りの薬師《くすし》には眼病の治療に優れた腕を持つ者がいるのだという。行成は、それで私に、この際思い切って大宰府に行き、治療に専念してはどうかというのだ」

「………」

叔父《おじ》の怪我《けが》に負い目のある道雅は、返す言葉をなくしてうつむいた。

隆家は、都やその周辺に名医がいると聞けば駆けつけて目を診《み》せ、目に効く湯があると聞けば湯治に行き、さまざまに手を尽くしてきたのだ。それでも治らないからこそ、行成もいっそ大宰府へと提案したのだろう。行成は道長《みちなが》の腰巾着《こしぎんちゃく》と陰口を叩《たた》かれることもある男だが、先帝の侍従だったこともあり、隆家とはそれなりに親しい間柄だった。

「それに、行成もはっきりとは言わなんだが……どうも昨年あたりから、今上《うえ》も御眼《おんまなこ》の病を患《わずら》っておられるらしい。それで、もし私が大宰府で治療して効果があったなら、帰京のついでにその唐人を都に連れてきてほしいというのだ」

それは隆家ひとりのためではなく、帝《みかど》の御《おん》ためにもなることだ。

だが、大宰府はあまりに遠い。斎宮《いつきのみや》が行く伊勢《いせ》どころではなく遠いのだ。

父が左遷されたときは、まだ幼くてその遠さを理解することのできなかった道雅だが、その間、嘆き暮らしていた母の姿だけはまぶたの裏に焼きついている。

隆家も、その遠さゆえに迷ってしまうのだろう。治るかどうかわからない治療のために赴く決心は、そう簡単にはつかない。

「せめて兄上が生きていた頃なら、都のことはお任せしますと押しつけて、気楽に行けたのだがなぁ」

冗談交じりに、弱音が覗《のぞ》く。

若くして二条第という重荷を背負った道雅やその妹たちのことも心配だし、大宰大弐《だざいのだいに》ともなれば皇后宮大夫《こうごうぐうのだいぶ》の職は辞さなければならない。そんな肩書きは惜しいとも思わない隆家だが、後任の大夫がはたして親身になって皇后のために働いてくれるだろうかと考えると……それが自分以外の誰であっても、道長に遠慮して、むしろ皇后の意向に反する振る舞いに及ぶのではないかと心配になる。

以前は皇后娍子《せいし》に特別な義理など感じたこともなかった隆家だが、大夫となって側《そば》に仕えてみれば、皇后に対する道長の理不尽な仕打ちには目にあまるものがあった。皇后として立后《りっこう》される大切な儀式の同じ日に、すでに中宮《ちゅうぐう》になっていた妍子《けんし》の内裏《だいり》参入をぶつけるなどという、おとなげのない振る舞いさえあったのだ。おかげで、立后の儀に参列したのは肝《きも》の座った数人の公卿《くぎょう》だけだったのだから、情けなくも腹立たしい。

「いや、目の不自由な私がお側にいたところで、皇后様の御《おん》ためには何もして差し上げられないのだが。せめて式部卿《しきぶきょう》宮《のみや》様の立坊《りつぼう》が確約されておれば、私などいなくなっても、誰も皇后《こうごう》様を軽んじたりはしないであろうに……」

その言葉に、道雅はドキリとする。

何か不吉なことが起きて、帝《みかど》が譲位すれば……今ならば、皇后腹の式部卿宮敦明《あつあきら》親王《しんのう》こそが東宮《とうぐう》に立てられる。そんな話を、先日、香久夜《かくや》から聞かされたばかりの道雅だ。

(伊勢へ向かわれる前の斎宮《いつきのみや》様の身に、何かあったら……？)

殺《あや》めるとか、密通とか、そんな大袈裟《おおげさ》なことでなくてもいいはずだ。野宮《ののみや》に何者かが侵入して、その聖域が穢《けが》されたことが表沙汰《おもてざた》になれば、それだけでも不吉なこと。ここ一年ほど眼病ゆえに気の弱っている今上帝《きんじょうてい》に、譲位を決意させるには充分だ。

このとき道雅は、叔父《おじ》を大宰府《だざいふ》に行かせたいと考えていたわけではなかった。ただ、道雅のせいで疵《きず》ついた右目が治るならという気持ちはあったし、帝が譲位すればすべてが好転すると言った香久夜の言葉で頭がいっぱいだった。

「……道雅……？」

そんな道雅を、隆家は訝《いぶか》しそうに振り返ったのだが……道雅は気づいたようすもなく、思いをめぐらせていた。

野宮に忍び込むなどという犯罪は、普段の道雅なら思いつきもしないことだ。白らの手は汚さずに下賤《げせん》の者を雇おうという発想もなく、どうやって忍び込めばいいのだろう、行けばわかるだろうか、暗くて迷わないだろうかと、不安ばかりを募らせる。

隆家は太い眉《まゆ》をひそめ、心ここにあらずの体《てい》の甥《おい》を隻眼《せきがん》で見守っていた。

やがて孫廂《まごびさし》のほうから、年配の女房《にょうぼう》の声がする。

「そろそろ夕餉《ゆうげ》にいたしましょうか」

我に返った道雅は、傍《かたわ》らに叔父《おじ》がいたことさえようやく思い出したようで、しばしあたりを見まわしてから穏やかに言う。

「叔父上も、たまにはご一緒にいかがですか？」

断って帰ることも多い隆家なのだが、この日は道雅のようすも気になって、

「あ……ああ、そうだな。では、飯はいいから、酒と肴《さかな》を少し」

そう言って、胡座《あぐら》をかき直した。

束帯《そくたい》姿のままだった道雅は、うなずいて、着替えるために席を外した。


夕餉がすむ頃には陽《ひ》も落ちて、昼から酒を飲んでいた隆家はその場に横になり、いつのまにかすっかり寝入ってしまったようだった。

慣れた女房が、衾《ふすま》代わりに古い袿《うちぎ》を掛けて立ち去った。

酔って眠る隆家は、片目を布で覆っているせいかどこか痛々しく、逞《たくま》しかった身体《からだ》も袿

の下で小さく見えた。

道雅はそんな叔父《おじ》を見下ろし、そっと吐息を漏らす。

今上帝《きんじょうてい》が即位して、頼みの綱であった敦康親王《しんのう》の立太子《りったいし》の夢が破れたときでさえ、意気消沈した姿を見せることは好まずに艶《あで》やかな装束で大嘗会《だいじょうえ》の御禊《ごけい》に臨んだ隆家だった。

そんな誇り高い叔父を、頼もしく思っていた道雅だが、

（その叔父上でさえ、こんなに落胆してしまう世の中なのだ……）

もはや、今上帝に譲位していただくしか、道はない。

不安に怖《お》じ気《け》づいている場合ではない、やるしかないのだ。

心が高ぶる。

折しも、外は明るい月夜。

こんな晩ならば、不慣れな夜道でも歩けるはずだ。

道雅が決意を固めたとき、庭の伸びて乱れた前栽《せんざい》がカサカサリと揺れ、そこに水干《すいかん》姿の童子が現れた。手足の長い、見覚えのない童子だ。

「……何者だ!?」

「あんたが、東宮亮《とうぐうのすけ》様？」

童子が、低い声でぶしつけに尋ねた。きれいな水干をまとっているが、頭上でひとつに

括《くく》った髪はふぞろいに跳ね、良家の小舎人童《ことねりわらわ》にしてはぞんざいな口をきく。

「そうだが、おまえは？」

「香久夜様から、東宮亮《とうぐうのすけ》様が嵯峨野路《さがのじ》を散策なさるのに迷わないよう、道案内して差し上げろと命じられて来たんだよ」

「嵯峨野路を……」

それはつまり、野宮《ののみや》に行くということだ。

道雅はゴクリと生唾《なまつば》を飲み込んだ。

さっきまでは空想の域を出なかった決意が、現実のものになろうとしている。

「おまえが……案内してくれるのか？」

「俺は朱雀丸《すざくまる》。行くなら早くしよう、月が明るいうちがいい」

急《せ》かされて、道雅も迷ってはいられなかった。

狩衣《かりぎぬ》の腰に太刀《たち》を佩《は》くと、庭をまわって馬小屋に行き、老いた舎人に見つからないようにそっと馬を引き出す。

「おまえの馬は？」

「身軽だから、走っていける」

小声で尋ねた道雅に、朱雀丸は馬に乗れないのだとは言わずにそう答えた。そして門を出るなり、道雅が乗った馬を先導して、二条大路《にじょうおおじ》を西へと駆け出した。

月夜とはいえ慣れない夜道を速駆けする勇気などない道雅にとって、朱雀丸の走りはちょうどいい速度だった。

やがて朱雀大路《すざくおおじ》を横切り、右京《うきょう》に入る。

若者らしい冒険もせずに行儀よく育った道雅にとって、その先は盗賊と魑魅魍魎《ちみもうりょう》が巣くうと噂《うわさ》される未知の土地だったが、朱雀丸は臆《おく》するようすもなく慣れた足取りで駆けてゆく。

実際、月に照らされて見える範囲に、魑魅魍魎の姿などない。当然のことながら、荒れて見える古い屋敷もすべてが廃墟《はいきょ》というわけではなく、そこに住む者みんながみんな盗賊だというわけではないのだ。

ただときおり、馬が嫌がるほどひどくぬかるんだ場所があったり、橋らしい橋もない澱《よど》んだ小川に突き当たったりして、そこでは朱雀丸も速度を落として迂回《うかい》しなければならなかった。

碁盤の目のようだった道が、いつのまにか細く曲がりくねった一本道になっていた。民家の灯《あかり》らしいものはひとつも見えず、鬱蒼《うっそう》と生い茂る木々が月の光さえ遮ってしまいそうだった。

道が荒れていて、坂もあるためか、朱雀丸はもう走っていなかった。

「野宮への道を、知っているんだろうな?」

道雅は不安になって、馬上から尋ねた。

「俺は知らないけど、香久夜様が知ってるから、こいつが案内してくれる」

朱雀丸の手には何やら拳《こぶし》ほどの貝殻らしきものが握られていて、それがときおり不気味な青白い光を放って見えた。野宮《ののみや》に案内してくれる「こいつ」とは、その貝殻のことなのだろうか。

道雅は薄気味悪くなって、背中を震わせた。

自分は何をしているのだろう。

そして、香久夜は……わざわざ使いの童子までよこして、道雅に何をさせようとしているのか。

(賊のふりをして野宮に押し入るだけなら、この童子だけ行かせても足りることではないのか?)

それが何故《なにゆえ》、道雅でなければならないのか。道雅は武官の出だが、ひとりで野宮の警護の者たちを打ち破って押し入るだけの腕があるわけではない。

(もし、押し入ったところを捕らえられて、私だと知られてしまったら……)

とんだ面汚《つらよご》しだ。叔父《おじ》や母や妹たちはどんなに驚き、嘆くだろう。あの世の父も、家名に疵《きず》をつけた愚息を許してはくれまい。

我に返り、引き返そうと思ったけれど。

「鳥居が見えた。ここからは降りて歩いたほうがいい」

朱雀丸がそう言い、馬をとめた。

目の前には、黒木の鳥居。

その上に、夜だというのに黒っぽい鳥のような影が見える。

道雅は、馬から降りずに声を震わせる。

「……ど、どうして、私なのだ？」

「帝《みかど》に譲位してほしいのは、あんただろう？」

それは、そのとおりなのだが。

「では、どうして香久夜殿が……？」

そんな質問には答えてくれないだろうと思ったのだが、童子は鼻で笑って吐き捨てるように言う。

「俺はよく知らないけど、香久夜様も斎宮《いつきのみや》様を伊勢に行かせたくないみたいだよ。前に、闇烏《ヤミガラス》ってヤツが野宮《ののみや》に忍び込んだときには、あと少しってところで何モノかに邪魔されたんだってさ。それで、もしかして〈夜気〉の少ないヒトなら邪魔されないかもしれないからって……」

『よけいなことを言うな』

頭上から低い声がしたかと思うと、バサバサと羽音をたてて鳥居から黒い鳥が降りてきた。かなり大きめの烏《からす》に見えたそれは、地面に降りると同時に、黒装束の背の高い青年に姿を変えた。

（天狗《てんぐ》？　いや……これが、今聞いたヤミガラスなのか）

尋ねる勇気もなく、道雅はただ黒装束の青年を見つめた。

肩の広い、痩《や》せた男のようだ。束ねていない長い黒髪が、夜風に舞い上がる。月明かりを背に受けて、逆光で貌《かお》は見えない。

『警護のやつらの目くらましは、任せろ。東宮亮《とうぐうのすけ》には、まっすぐ斎宮《いつきのみや》の寝所《しんじょ》に向かってもらう』

「……寝所にって……私は……」

「犯そうが未遂だろうが、そんなのどっちでもいいんだよ。ただ騒ぎになって、廟堂《びょうどう》のヤツらが、斎宮は穢《けが》されたかもしれないって思えば、それで充分なんだってさ」

とまどう道雅に、朱雀丸が簡単そうに言いきった。

『心配するな。おまえが寝所にいるところを女官たちが見つけて騒げばいいだけだ。捕まる前に、逃がしてやる』

「本当に……？」

「早くしないと、月が沈むよ」

朱雀丸に急《せ》かされ、道雅は馬を降りた。

まだ心は怖《お》じ気《け》づいたままだったが、足が勝手に前に進む。朱雀丸や闇烏《ヤミガラス》はついてきてくれなかったが、ここで振り返って臆病者《おくびようもの》だと思われたくはなかった。

門前に、警護の者の姿があった。だが、彼らは居眠りでもしているのか、道雅のほうを見ようともしなかった。

あの闇烏が言ったとおりだ。そう思うと、少しだけ気が大きくなった。

道雅が門の内に姿を消すと、それを追うように、大きな人影が門の内に滑り込んだ。朱雀丸と闇烏は、気づきながらもそれを無視した。予定外の闖入者《ちんにゆうしや》だが、ヒトごときが何をしようと計画の邪魔になるとは思わない。

あとは頃合いを見計らって、女官を斎宮《いつきのみや》の寝所《しんじよ》に行かせて悲鳴を上げさせればいい。簡単なことだ。

一方、道雅は、言われたとおり斎宮の寝所を目指して歩いていた。

野宮《ののみや》の構造など知らないのだが、まるで月の光が案内するように行く先を照らして導いてくれる。

不思議な気分だった。

神にも帝《みかど》にも仇為《あだな》す罪を犯そうとしているにもかかわらず、罪悪感が薄れてゆくのは、神秘的な月の光を浴び続けているからだろうか。

目的を忘れてしまったわけではないのに、まるで運命の姫君との逢瀬《おうせ》が待っているかのような、そんな予感に胸が高鳴っている。

導かれるままに簀子《すのこ》から馬道《めどう》のような通路に入り、その奥の妻戸《つまど》に手をかける。

内からかけられているはずの閂《かんぬき》は外れていて、妻戸はあっさりと開いて道雅を迎え入れた。

御簾《みす》と几帳《きちょう》に遮られた奥から、灯台《とうだい》の明かりが漏れている。

まだ、誰か起きているのだろうか。

道雅は緊張に高鳴る胸を右手で押さえ、そっと御簾の内に滑り込む。

その先の几帳の奥に御帳《みちょう》台《だい》が見え、ここが斎《いつきの》宮《みや》の寝所《しんじょ》なのだと確信できた。

御帳台の正面にまわって、中を覗《のぞ》き込《こ》む。

衾《ふすま》にくるまるようにして眠る、小さな身体《からだ》。長い黒髪は中ほどが白いこよりで括《くく》られて、枕元《まくらもと》の乱れ箱に収められている。

斎宮、当子内親王《とうしないしんのう》に間違いない。

「…………」

声をかけようか、それとも……。

道雅は迷って、御帳台の前に立ち尽くした。

騒動を起こすだけならば、わざと物音を立てて、男が侵入しているこの現場を女官か誰かに目撃させればいい。あとは捕まらないように逃げるだけ。

けれど道雅は、せっかく来てすぐに立ち去るのが惜しい気持ちになっていた。

けっして不埒《ふらち》で好色な男ではないつもりだったが、無防備に横たわる姫のしどけない寝姿が、可愛《かわい》らしくも微笑《ほほえ》ましく思われる。

そこからでは見えない貌《かお》をひと目だけでも見たくて、御帳台《みちょうだい》の内を膝《ひざ》で進む。

御帳台の浜床《はまゆか》が軋《きし》み、

「うん……」

斎宮《いつきのみや》が吐息を漏らして寝返りを打った。

そうして、人影に気づいて驚いたように双眸《そうぼう》を見開く。

「…………」

まだ夢心地なのだろう、斎宮は道雅の姿を認めても悲鳴を上げたりはしなかった。

道雅も、貌を隠すことさえ忘れて斎宮を見つめた。

特別に美しい姫というわけではないのかもしれない。それでも、俗世から離れて潔斎《けっさい》の日々を送る皇女《ひめみこ》の貌は浄《きよ》らかで、道雅はこんなに好ましい姫に会うのは初めてだと感じて胸が躍った。運命的な出会いだ、そう思った。

「……どなたですか？」

斎宮が、無邪気に尋ねた。

夜中に寝所《しんじょ》に現れた男を不審に思わないではなかったが、目の前の若者は身形《みなり》もよくて誠実そうな表情《かお》をしている。歳《とし》の頃は、長兄の式部卿宮《しきぶきょうのみや》より少し上だろうか。上品な面立ちが、悪人には見えない。

「こんな夜更《よふ》けに、急ぎのご用でしょうか？」

細い声で優しく尋ねられ、道雅は恋しい姫との逢瀬《おうせ》のようだと錯覚してしまう。

「……伊勢に向かわれてしまう前に、せめてひと目、お会いしたくて……」

嘘《うそ》をついたつもりはない。今となっては、それこそが目的だったような気さえした。

斎宮《いつきのみや》は道雅を見つめ、頬《ほお》を染めた。

いつかの晩、見知らぬ黒装束の青年に襲われかけたときのような嫌悪感《けんおかん》は、まるでない。

なんという出会いだろう。

女官たちが聞かせてくれる物語でしか知らない恋が、自分にも訪れたのだと思った。

いつの日か、在原業平《ありわらのなりひら》のような、あるいは源氏《げんじ》の君《きみ》のような美しい若者が、恋しさを募らせて会いにきてくれる。そして、遠い伊勢へなど行かせはしないと、さらってくれる……まだ恋を知らない当子内親王は、そんな情熱的な禁断の恋に、心ひそかに憧《あこが》れていたのだ。

どんなに平気そうに装《よそお》っていても、母や兄弟たちから離れて遠い伊勢へ行くことへの不安はあった。そのことで母の皇后《こうごう》が嘆き暮らしていることも聞き知っている。

それでも、斎宮であることを放棄する勇気などなかったからこそ……いっそ、誰かにさらってほしかった。

叶《かな》うはずのないその夢が、叶おうとしている……？

それは、偽りと誤解の恋でしかなかったのかもしれない。

しかし、見つめ合うふたりは、お互いの中にただならぬ運命の絆《きずな》を感じていた。

この人こそが、宿命《さだめ》の相手《ひと》。

道雅は愛《いと》しい姫に触れようと、手を伸ばした。

斎宮《いつきのみや》も立場を忘れ、逃げようとはしなかった。

そのとき——。

『神に仇為《あだな》す、穢《けが》れた藤《ふじ》よ……』

恐ろしくも神々《こうごう》しい声が、道雅の動きを止めた。

音も光もなかったが、稲妻《いなずま》に打たれたかのような衝撃が背筋を走った。

見えない手で首を絞め上げられているように、息が苦しい。

「…………っ」

突然、目の前で首を押さえてうずくまった恋しい若者の姿に、斎宮は動転して頭上を振り仰ぐ。

「あ……天照大神様《アマテラスオオミカミ》⁉」

御帳台《みちょうだい》の上の明かり障子を透かして、その上に白い影が浮かんで見える。斎宮には、それが女神の姿に見えた。

神の怒りに触れたのだ、そう思った。

恋の夢から覚め、正気に返った心地がする。

己は神の御杖代《みつえしろ》となる巫女《かんなぎ》、現世《うつしよ》の男との恋など許されない身なのだ。

「お……お赦《ゆる》しください、天照大神様。私の気の迷いです。どうか、この方を赦して、帰して差し上げてくださいませ。もう二度と、迷いはいたしません」

『おのれ、欲深き藤《ふじ》よ。どれほど手を血に染めれば気がすむのであろう……』

息の詰まった道雅は、その声を満足に聞くこともできなかった。

ただ、恨まれているのだとわかる。その理由も、相手も、わからないのだけれど。

苦しい。このまま、取り殺されてしまうのだろうか……。

(これは、帝《みかど》の譲位を願ったことへの、天罰なのか……)

視界が黒く閉ざされ、全身の力が抜けかけた身体《からだ》の、肩が強く摑《つか》まれた。

「道雅っ！」

腹に響く力強い声は、耳に馴染《なじ》んだ……叔父《おじ》の声？

そうわかった瞬間、道雅は息苦しさから解放された。

「おのれ、怨霊《おんりょう》め！」

どうしてそこにいるのか、隆家が太刀《たち》を抜いて見えない敵に立ち向かっていた。衿元《えりもと》を崩した直衣《のうし》姿は、二条第で酔って寝ていたときと同じもの。すっかり酔い潰《つぶ》れていたと思われた隆家は、怪しい童子の気配に目覚め、連れ出された甥《おい》を案じてこっそりあとをつけていたのだった。

片目が不自由な隆家だが、武芸で鍛えられた勘は鋭い。

とはいえ、まさか野宮《ののみや》に侵入したあげく、得体の知れない怨霊と対峙《たいじ》することになるとは想像もしていなかった。斎宮《いつきのみや》はこの怪しい気配の主《ぬし》を神だと信じていたようだが、隆家に言わせれば、こんなモノが神であるはずがない。

隆家は、怪しい気配など吹き飛ばすほどの大音声《だいおんじょう》を張り上げる。

「ここは聖なる野宮ぞっ、立ち去れ、怨霊！」

『黙りゃ！　妾《わらわ》を怨念と変えたは、そなたらであろうに』

怒気を含んだ、迷いのない声。

己の正しさを信じきっている声だ。

「そなたは……何者だ!?　誰を恨んで怨霊と化した？」

『空々しきシラを切るでない。妾を伊勢に閉じ込め、弟皇子《みこ》を殺《あや》め、そうしてまた、妾と皇子を殺めにまいったのであろう。そうはさせぬぞ……』

話が通じず、誰の怨霊なのかさえわからなかったが、隆家は気にしなかった。

はじめから怨霊ごときと話し合いをするつもりはないのだ。剛毅《ごうき》な隆家は、怪しいモノなど成敗して当然だとしか考えていない。

「どいていろ、道雅。斎宮様《いつきのみや》も……」

道雅と斎宮は、言われたとおり邪魔にならないよう部屋の隅に身を寄せた。

太刀《たち》を構えた隆家は、隻眼《せきがん》を閉じて気を研ぎ澄ました。

ここは野宮《ののみや》、怨霊《おんりょう》が現れていい場所ではない。

怪しい気配をつきとめ、太刀を振り下ろす。

ザクリという手応《てごた》えがあり、太刀が何かに突き刺さった。

刃《やいば》が、落ちていた白い衣を貫いて、その下の畳にまで喰《く》い込《こ》んでいた。

そこから、ジワリと黒い瘴気《しょうき》があふれ出る。

「な……なんだ、これは……⁉」

『そなたらが、妾《わらわ》と東宮《とうぐう》を殺《あや》めた毒じゃ』

毒と聞き、隆家は袖《そで》で口許《くちもと》を覆い、道雅を振り返る。

「斎宮様を！」

安全なところへ連れていけというのだろう。

うなずいた道雅は、とまどう斎宮の手を引いて、部屋から出ようとした。

だが、御簾《みす》はなぜか壁のように硬く、押しても引いても動かなかった。隣室との仕切りの几帳《きちょう》も同様で、几帳と壁の隙間《すきま》には見えない詰め物でもあるかのように塞《ふさ》がれていて、通り抜けることができない。

怨霊《おんりょう》の結界《けっかい》に閉じ込められたのだ。

白い衣から滲《にじ》み出《で》た瘴気《しょうき》は、ねっとりと重い霞《かすみ》のように床を這《は》って覆い尽くし、やがてじわじわと上に昇ってくる。

瘴気の上に浮かぶように、白い装束の女の姿が現れた。透けるように淡い姿のため、その貌《かお》からは年齢など推し量りようもなかったのだが。

怨霊は、昔の高貴な女人《にょにん》らしい強い口調で命じる。

『そなたら雑魚《ざこ》には用はない。申せ、何やつの命令で参った？』

「…………」

事情など知りようもない隆家はちらりと甥《おい》を見たが、当の道雅は閉じ込められたことに焦《あせ》るばかりで、答えられそうになかった。

『まあ、よい。妾《わらわ》を邪魔だと思うておる者どもの正体など、知れておるわ』

そう言うと同時に、怨霊は道雅と斎宮《いつきのみや》のほうへと素早く移動した。

「あ……」

「斎宮様っ……？」

逃げる間などなかった。

怨霊の姿が、道雅の後ろに隠れるように立っていた斎宮に重なった。

その瞬間、斎宮《いつきのみや》の小柄な身体《からだ》はその場に崩れ落ちるように倒れたにもかかわらず、そこには虚《うつ》ろな表情の斎宮がもうひとり、立っていた。

「……っ！」

それは、肉体から抜け出した当子内親王《ないしんのう》の生霊《いきりょう》。

『……おのれらも、光明皇后《こうみょうこうごう》の手の者どもなのであろう……』

斎宮の生霊の口許《くちもと》から、怨霊《おんりょう》と同じ恨めしげな声が漏れた。同化しているのだ。

隆家はさすがに斎宮の生霊に刃《やいば》を向けることはできず、低く唸《うな》る。

道雅はただもう動転して、意識のない斎宮の身体《からだ》を抱き起こしながら、生霊と化したもうひとりの斎宮を見上げるばかりだ。

このとき、斎宮の寝所《しんじょ》での出来事を、じっと見つめるモノたちがいた。

宮《みや》の式神《しきがみ》の水曜星と、香久夜の眷属《けんぞく》の闇烏《ヤミガラス》である。

両者はお互い、相手の出方を窺《うかが》うように息をひそめ、夜空から屋根を透かし見るようにしてことの成り行きを見守っている。

斎宮を見守ること以外に命令を受けていなかった水曜星は、朱雀丸に連れられてきた道雅が野宮《ののみや》に忍び込むのを訝《いぶか》しく思いはしたが、そこまでならば、ヒトの行為に干渉するつもりはなかった。

一方、闇烏《ヤミガラス》は、香久夜の目となり耳となり、見たまま聞いたままを南　院《みなみのいん》の香久夜に伝えていた。斎　宮《いつきのみや》を穢《けが》して伊勢行きを中止させ、あわよくばそれで今上帝《きんじょうてい》を譲位に追い込もうと道雅を唆《そそのか》した香久夜にとって、得体の知れない怨　霊《おんりょう》は邪魔なだけの存在であったけれど。

（怨霊が、斎宮の生霊と同化して……？）

抜け殻の斎宮の肉体は、隆家や道雅ともども瘴気《しょうき》の中。

放《ほう》っておけば、このまま息絶えてしまうかもしれない。これで斎宮がいなくなるなら、それはそれで都合がよい。

だが、今ここで、隆家と道雅を見殺しにするのはどうであろう。

香久夜は〈月の姫〉、ヒトなど虫ケラ同然にしか思ってはいない。しかも、凋落《ちょうらく》したとはいえ、このふたりもまた憎い藤原氏である。

（しかし……この者たちには、いずれ敦康親王《しんのう》が帝《みかど》になられた暁には、後見人になってもらわねばならぬ）

いかに香久夜が画策しようと、母方の身内がまったくいない皇子《みこ》を東宮《とうぐう》にして帝に押し立てることは難しい。そのためにも、まずは今上帝が譲位して、隆家や道雅の立場が向上すれば重畳《ちょうじょう》。むざむざ犬死にされてはたまらない。

となれば、やはり当初の計画どおり、野宮《ののみや》で騒ぎを起こして逃げおおせてくれなければ困る。

香久夜がそう心を決める頃には、あふれ出る瘴気《しょうき》は立ったままの隆家の胸の高さまで昇り、室内に満ちていた。袖《そで》で口許《くちもと》を覆っていても、瘴気はじわりじわりと肌から染《し》みてヒトを蝕《むしば》む。

意識のない斎宮《いつきのみや》を抱き支えていた道雅は、すでに当人の意識も遠のいているらしく、薄く開いた両目は虚《うつ》ろだ。さしもの隆家も、立っていられずに膝《ひざ》を折った。この状況を打破する力は残っていない。

怨霊《おんりょう》と同化した斎宮の生霊は、感情の窺《うかが》えない冷めたまなざしで、瘴気の海に沈む三人を見下ろしていた。このままでは己の肉体も死んでしまうというのに、そんなことは気にとめてもいないようだ。

さすがに見捨ててはおけないと判断した水曜星が、水龍《すいりゅう》の姿になって宙を泳ぎ、廂《ひさし》をまわって斎宮の寝所《しんじょ》へと向かう。

道雅が押しても壁のようだった御簾《みす》の上を龍頭の角先で小突くと、御簾がバサリと音を立てて床に落ちた。室内に泳ぎ入った水龍は、長い尾で几帳《きちょう》を薙《な》ぎ倒《たお》す。

怨霊の結界《けっかい》が破れ、澱《よど》んでいた瘴気が拡散する。

これで、生命の危機からだけは脱したはずだ。

『おのれ、妖獣《ようじゅう》……そなたも夜のモノどもの眷属《けんぞく》か!?』

結界を破られた怨霊《おんりょう》が、奇妙なことを言う。

たしかに、朱雀丸が道雅らをここへ導いたのが〈月の姫〉の差し金であることは、水曜星も気づいていた。闇烏《ヤミガラス》が野宮《ののみや》に張りついているのだから、それは明白な事実だ。

だが、それがこの怨霊に、どう関《かか》わりのあることなのか。

斎宮《いつきのみや》に手出ししようとした道雅を襲ったところまでなら、斎宮を守護している霊なのだと考えることもできた。だが、その後はどうだ。水龍《すいりゅう》が結界を破らなければ、道雅らばかりか斎宮まで瘴気《しょうき》の毒で生命《いのち》を落とすところだった。

疑問に思いはするものの、水曜星には怨霊と問答する気などない。とりあえず斎宮の生命に別状はないと見るや、姿を消して鳴りをひそめた。

簀子《すのこ》や渡殿《わたどの》のほうから、ヒトの足音と話し声が聞こえる。

さっきまでは結界ゆえに斎宮の寝所《しんじょ》に近づけずにいた女官たちが、御簾《みす》の落ちる音や几《き》帳《ちょう》の倒れる音に驚き、怯《おび》えながらもこちらに向かってきていたのだ。

闇烏を通して一部始終を見聞きしていた香久夜は、遠い南院でわずかに微笑《ほほえ》む。

都合がよいことに、道雅はいまだ意識のない斎宮を抱き支えたままだった。あとはこの光景を女官たちに目撃させて、隆家と道雅をうまく逃がしてやればいい。

足音が近づいてくる。

侵入者が見つかって騒ぎになるのも、時間の問題だった。

『闇烏《ヤミガラス》、うまく逃がしておやりなさいね。あの者たちは、未来の帝《みかど》の叔父上《おじうえ》と従兄《いとこ》殿なのですから』

余裕を窺《うかが》わせる笑いを含んだ声で命じたものの、香久夜はまだ安心できずに、野宮《ののみや》に意識を向けていた。例の怨霊《おんりよう》が、斎宮《いつきのみや》の生霊と重なったまま、まだその場にとどまっているのだ。正体も目的もわからないだけに、目を離せない。

それに、あの怨霊は、夜のモノがどうのと言っていたではないか。

（……どこかで会ったことが、ある……？）

怨霊に知り合いなどいない。ならば、生前に会っていたのだろう。

……思い出せない。

そもそも、ほんのひと握りの例外を除き、ヒトなど眼中にない〈月の姫〉だ。

ヒトの怨霊ごときが何をはざこうと、知ったことではない。こちらの邪魔さえしないのなら、関《かか》わるつもりはなかった。

だが、怨霊のほうは、そうではないようだ。

『卑《いや》しき月のモノよ。若き斎宮を傷ものにして、伊勢の神の御杖代《みつえしろ》を不在のままにしておきたいのであろう』

的を射ているだけに、挑発的な言葉だ。

ただ、それだけならば、香久夜は無視するつもりでいたのだが。

『残念であったな、女官らはここへは参らぬ。何も知らずに朝まで眠ることであろう』

そう仕向けたのだと、怨霊《おんりょう》は笑う。そして。

『かように天照大神《アマテラスオオミカミ》を恐れるは、そなたらが世の理《ことわり》に反するモノだからであろう。つまらぬ小細工はやめて、現世《うつしよ》を去れ、卑《いや》しき下郎《げろう》――』

『黄泉国《よもつくに》へも行けずに彷徨《さまよ》う怨霊ごときが、世の理を語るとは片腹痛い』

下郎呼ばわりされた闇烏《ヤミガラス》が、反論した。

いや、それは闇烏の口を借りた香久夜の反論だった。

いまだ瘴気《しょうき》が抜けずに立ちあがることさえできない隆家の隻眼《せきがん》には、若い皇女とも老女ともつかない怨霊と、ヒトならぬ黒装束の青年の姿が映っていた。その黒装束の青年に、女房装束《にょうぼうしょうぞく》をまとった美しい女の姿がうっすらと重なって見える。

見覚えのある美貌《びぼう》だ。そうだ、あれは……南院の女房と称して道雅を訪ねてきていた、妖《あや》しい女。

隆家の背中を、冷たい汗が流れた。

神の聖域である野宮《ののみや》で、この世のものならぬモノたちが対峙《たいじ》しているのだ。

不吉すぎる。

香久夜の姿を認め、怨霊が訴える。

『やはり……おったな、月のモノよ。そなたらの〈夜気〉が、恨みゆえに黄泉国《よもつくに》へも行けぬ妾《わらわ》を、かりそめの眠りから呼び覚ましたのじゃ』

『怨霊《おんりょう》の繰り言など、知ったことではない』

『妾は、聖武帝《しょうむてい》の皇女《ひめみこ》にして、光仁帝《こうにんてい》の皇后《こうごう》。そなたらゆえに力を授けられし藤原氏の陰謀で、斎宮《いつきのみや》として伊勢に追いやられた神の御杖代《みつえしろ》……』

それは、かつて香久夜が長屋王《ながやおう》の許《もと》にいた時代のことだった。

覚えている。のちに聖武帝となる首皇子《おびとのみこ》の幼い皇女が伊勢の斎宮に卜定《ぼくじょう》されたのは、あれは長屋王が右大臣《うだいじん》になった直後のことだった。

『……たしか、井上内親王《いのえないしんのう》……』

藤原不比等《ふひと》の孫である聖武帝は、はじめての「藤原氏の子」の帝《みかど》である。

即位前の首皇子の後宮《こうきゅう》には母の異母妹である「不比等の娘」光明子《こうみょうし》が入内《じゅだい》しており、それによって、不比等は新興の藤原氏の外戚《がいせき》としての地位を固める心積もりだった。

だが、先に首皇子の御子《おこ》を産んだのは、大臣でさえない臣下の娘、県犬養広刀自《あがたのいぬかいのひろとじ》という夫人《ぶにん》だった。生まれたのは皇女で、ひとまず不比等を安堵《あんど》させた。だが、その翌年に光明子が産んだのも、期待された皇子ではなく皇女だった。

その二年後には、首皇子（聖武帝）の即位も待たずに不比等が亡《な》くなった。

残された藤原四兄弟——不比等の息子たち——には、焦《あせ》りがあった。

女帝の例も多かった時代、藤原氏待望の聖武帝の即位はほぼ確実だったが、もしもその先、光明子が皇子《みこ》を産まなかった場合、光明子腹の皇女《ひめみこ》を即位させるには、先に生まれた皇女が邪魔になる。

ならば、その皇女をさっさと巫女《かんなぎ》にして、女帝の候補から外してしまえばいい。

そうして斎宮《いつきのみや》に卜定《ぼくじょう》されたのが、井上内親王《ないしんのう》だった。

怨霊《おんりょう》は、むしろ誇らしげに言う。

『斎宮は帝《みかど》に代わって神に仕える巫女。それで父帝の御代《みよ》の平安が守れるのであれば、妾《わらわ》に不満はなかった……』

その後、聖武帝は予定どおり即位し、光明子が待望の第一皇子《おうじ》を産んだ。

長屋王をはじめとする皇族たちにとっては不本意であっただろうが、まもなくこの皇子が東宮《とうぐう》になり、これで後継問題も丸く収まるはずだった。

しかし、その翌年。

井上内親王の母県犬養広刀自が第二皇子安積親王《あさかしんのう》を出産したのに前後して、わずか生後一年の東宮が亡《な》くなってしまった。

『月のモノよ……そのほうが何を望んでそうしたのか、妾は知らぬ。だが、伊勢の神は、そのほうのしたことをご存じであられた』

怨霊《おんりょう》の言葉に、〈月の姫〉がふっくらとした形のよい唇を噛《か》む。

長屋王の望みを叶《かな》えるため、幼い東宮《とうぐう》の寝所《しんじょ》に毒の夜風を送ったのは、ほかならぬ香久夜だった。

悪いことをしたとは思っていない。幼い生命《いのち》を憐《あわ》れとも思わない。

あの皇子《みこ》は、皇室の血より藤原氏の血をより濃く受け継いだ皇子だったのだ。そんな皇子が即位することを、長屋王は望んでいなかった。

思い出し、香久夜はキッと怨霊を睨《にら》む。

すべては愛《いと》しい長屋王のためだった。それなのに……。

（斎宮《いつきのみや》などというものを、伊勢に行かせたのが間違いだったのじゃ）

香久夜が現世《うつしよ》に降りる十年も前から、伊勢には斎宮が不在だった。その後、何人かの皇女《ひめ》が斎宮に卜定《ぼくじょう》されはしたが、いずれも実際に伊勢へは行かなかったり、行っても一年足らずで退下《たいげ》したりで、本当に神の御杖代《みつえしろ》としての務めを果たした者などいなかった。

だが、井上内親王《ないしんのう》は違っていた。

この皇女《みこ》が伊勢に入ってから、陽《ひ》の神の威光が現世にあまねく行き渡り始めたのだ。それはヒトにはわからぬほどの違いでしかなかったが、夜の世界のモノである香久夜の行為は、ことごとく裏目に出るようになった。

ちょうどその頃、東宮《とうぐう》の死をきっかけに、藤原氏はなりふりかまわぬ暴挙に出た。これまでは皇族出身の妃《きさき》しかなれなかった皇后《こうごう》の座に、臣下の娘にすぎない光明子を据えるため、その件に反対するであろう長屋王の追い落としにかかったのだ。

香久夜には、それを阻止する能力《ちから》があった。長屋王を陥《おとしい》れようとする者どもを、逆に呪《のろ》い殺《ころ》してやるつもりだった。

それが……逆に、長屋王の首を絞めてしまった。

長屋王の屋敷から香久夜の呪術《じゅじゅつ》の祭壇が見つかり、長屋王は国を傾ける左道《さどう》（妖術《ようじゅつ》）を行った謀反人《むほんにん》に仕立て上げられた。はじめから長屋王を冤罪《えんざい》で追い詰めるつもりだった藤原氏に、結果的に、香久夜が口実を与えてしまったのだった。

長屋王を失い、香久夜にとって、その時代のすべては終わった。

その後、憎しみのままに藤原四兄弟を流行病《はやりやまい》で死なせ、神祇官《かみづかさ》に雷を落として祟《たた》ってみたりもしたけれど……それで長屋王との日々を取り戻せるわけではなかった。長いこと不在だった斎宮《いつきのみや》が伊勢に居続けるようになったせいもあり、現世《うつしよ》は〈月の姫〉にとって居心地のよい場所ではなくなっていた。あとは夜の世界に連れ戻され……気の遠くなるような幽閉の日々をすごしただけだった。

だが、その間も、当然のことながら現世の時間《とき》は流れ続けていた。

その後も斎宮として神に仕えていた井上内親王《ないしんのう》の許《もと》に、同母弟の安積親王《しんのう》の訃報《ふほう》が届いたのは、長屋王の死から十五年後のことだった。

安積親王《しんのう》は十七歳。いずれ聖武帝の跡を継ぐ者として、父帝《ちちみかど》がどこへ行くにもその傍《かたわ》らにあって見聞を広めていた、その矢先のこと。父帝の供をして出かけた旅先で足を傷め、そのまま亡《な》くなってしまったのだという。

若すぎる皇子《みこ》の不審な死の陰に、藤原氏の陰謀が見え隠れしていたけれど、それを糾弾する者はなかった。

そして藤原氏の思惑どおり、光明皇后《こうごう》を母に持つ阿倍内親王《あべないしんのう》が東宮《とうぐう》になった。東宮を選ぶにあたっては、伊勢から戻った井上内親王を推す意見もあったが、同じ皇女《ひめみこ》でも母が皇后であるか否《いな》かは大きな違いだった。藤原氏が長屋王を陥《おとしい》れてまで光明子を皇后に立てた、その甲斐《かい》があったのだ。

当時の胸の内を思い、井上内親王の怨霊《おんりょう》が力なくつぶやく。

『……一度も会《お》うたことのなかった弟を殺され、やがて父も母も亡くなった。光明皇后やそれを取り巻く藤《ふじ》の一族の者どもを恨めしく思う気持ちはあったが、だからといって、妾《わらわ》にできることなど……日々の平穏を神に祈るよりほかに、何もなかった……』

井上内親王は野望渦巻く宮廷から逃げるように、権勢とは無関係な親王の妻になった。歳上《としうえ》の夫にはほかに妻子もあったが、やがて子も生まれ、平穏な日々が待っているかに思われた。

しかし、平穏な暮らしは長くは続かなかった。

父帝の跡を継いだ阿倍《あべ》内親王が世継ぎも残さず崩御したのち、混迷する後継者選びのすえに即位したのは、井上内親王の夫の光仁帝だったのだ。皮肉にも、妻の井上内親王が聖武帝の皇女《ひめみこ》であることが、新帝選びの決め手となった。

だが……閨閥《けいばつ》でのし上がった藤原氏一族にとって、直系の藤原氏でない井上皇后とその皇子など、邪魔者でしかなかった。

井上皇后が夫の帝を呪詛《じゅそ》した容疑で皇后の座から追われたのは、光仁帝の即位からわずか二年後のことだった。同時に、皇子の他戸《おさべ》親王も東宮を廃された。

そして三年後、母子は幽閉先で毒殺された。

それが、成仏《じょうぶつ》できずに怨霊《おんりょう》になったところで誰も不思議には思わない、井上内親王《ないしんのう》の波乱の生涯だった——。

だが、〈月の姫〉は心動かされることもなく、冷たく言い放つ。

『……そなたは藤原氏に陥《おとし》いれられたのじゃ。ならば、藤原氏を恨めばよかろう』

たまたま同じ時代に現世《うつしよ》に在《あ》ったというだけで「世の理《ことわり》に反する」となじられるのは、香久夜にとっては不本意だった。相手が邪魔な元斎宮《いつきのみや》だと思えば、なおのことだ。

だが、怨霊は怯《ひる》まず言う。

『藤《ふじ》の一族は、月の加護を受けた者ども。そなたらさえ世の理を曲げて現世に降りたりしなければ、あの者たちの野心など、陽《ひ》の光の下《もと》でついえるはずだったものを……』

それは、陽の神の御杖代《みつえしろ》として十七年間も伊勢で仕え続けた井上内親王が、実感として知る事実だった。

藤原氏は、太古の月の神　祇　伯《かみづかさのかみ》の末裔《まつえい》であった中臣《なかとみ》氏からの、いわば歴史上の突然変異。

やがて自然淘汰《しぜんとうた》されて然《しか》るべき存在であったものが、たまたま降臨した〈月の姫〉の力を受けて天運を引き寄せ、押しも押されもせぬ藤の巨木へと育ったのだ。

その結果、藤は皇室に根をおろし、完全に成り代わろうとしている。

それこそが、長屋王が最も恐れていたことでもあったのに。

『そなたらのせいじゃ』

『………』

断言する怨霊《おんりよう》に、香久夜は言い返せなかった。

しばしの沈黙のあと……井上内親王《ないしんのう》の怨霊はゆらりと揺らめき、遠くを見やる。

『……このままには、しておかぬ……』

そうつぶやくと、もう〈月の姫〉のことなど忘れてしまったかのように、斎　宮《いつきのみや》の生霊と重なったまま部屋を出ていった。

『………』

香久夜は視線を向けたきり……追おうとはしなかった。

怨霊がどこへ何をしに行ったのであろうと、どうでもよかった。

几帳《きちょう》の向こうで揺れていた灯台《とうだい》の火はいつのまにか消えていて、外からの月明かりが暗い部屋の調度をぼんやりと浮かび上がらせている。

あらためて室内を見まわせば、隆家と道雅、そして気を失った斎宮当子内親王が、先刻までと変わらぬようすでそこにいた。香久夜の想《おも》いは遠く三百年前まで馳《は》せていたが、現実の時はさほど流れてはいないようだ。

邪魔な怨霊《おんりょう》がいなくなった今、予定どおり女官たちを呼び寄せて侵入者を見せ、それから隆家と道雅を逃がしてやればいい――。

そう思う一方で、何もかもが煩わしくて、どうでもよくなってしまっていた。

いまさら、つまらない小細工を繰り返して、どうしようというのだろう。

『……もう、よい。私は戻る』

香久夜はそう告げたきり、借りていた闇烏《ヤミガラス》の身体《からだ》から去った。

この世のものならざるモノたちの言葉少ないやりとりを息をひそめてただ見守っていた隆家の隻眼《せきがん》は、このとき、怨霊同様に透けて見えていた南院の女房《にょうぼう》の姿が消え、黒装束の青年だけが取り残されるさまを捉《とら》えていた。

闇烏は、困惑したようすで立ち尽くしていた。〈月の姫〉が計画を続行するつもりなのか、中断するつもりなのか、推し量りかねたのだ。

怨霊がどこかへ行ってしまったせいか、また部屋の外が騒がしくなったようだ。

青年は小さく舌打ちすると、烏によく似た黒い鳥の姿に戻り、バサリと羽ばたいてその場から消えてしまった。

隆家は、呆然《ぼうぜん》と隻眼を見開く。

（俺は……夢でも見ているのか……？）

ありえないことばかりが、続けざまに起こる。

そもそも道雅や自分が斎宮《いつきのみや》の寝所《しんじょ》にいること自体、あってはならないことだった。

そう思い至り、隆家は素早く立ち上がった。

誰かに見つかっては一大事だ。

「道雅っ」

小声で呼びかけると、道雅は鈍い反応ながらも振り返った。意識はあるが、頭が働いているようには見えない。

「逃げるぞ、急げ」

隆家が腕を引くと、道雅は自分で立ち上がったものの……床に倒れた斎宮を見下ろして立ち止まった。斎宮をこのままにしておくことに、ためらいがあったのだろう。

隆家は少し迷い、それから大急ぎで、低い几帳《きちょう》に掛けられていた衣で斎宮の小さな身体《からだ》を包み、じかに触れないように抱え上げて御帳台《みちょうだい》の内に横たえた。

そして、あとは振り返りもせず、甥《おい》の手を引いて暗い中庭に下り、ここから逃げることだけを考えて走る。

鳥居の外には、もうヒトの気配はなかった。道雅を案内してきた童子は、役目を終えてとっくに帰ってしまったのだろう。

慣れない嵯峨野の夜は暗く、どうかすると道に迷ってしまいそうだったけれど。

さいわい、隆家と道雅が誰かに見咎《みとが》められることだけはなかった。

五　愛憎の戦慄《せんりつ》

その夜、義明《よしあきら》はずっと寝つけずにいた。

寝所《しんじょ》にひとり横になり、寝苦しい気候でもないのに幾度《いくたび》も寝返りをうつ。

静かな夜だった。

耳を澄ませば、風が庭木を揺らす音や、北廂《きたびさし》の女房《にょうぼう》の誰かが寝たまま咳《せき》をする音が、ときおり聞こえてくる。

さすがに、宮《みや》が寝《やす》む東の対屋《たいのや》の音までは聞こえそうになかったけれど。

（……………）

眠れない理由は、わかっている。

夕餉《ゆうげ》の際に宮を怒らせて、あのあと東の対屋に引きこもった宮とは何も話せないまま夜が更《ふ》けてしまったのだ。せめて、宮が何に腹を立てたのかわかれば、謝りに行けたものを……義明には、宮の心がまるで理解できないのだった。

ただ「香久夜《かくや》の許《もと》へ行ってしまえ」と言われた、その言葉だけが胸に痛い。

（言われたとおり、ここを出るべきなんだろうか……だが……）

ここは義明の屋敷だが、問題はそんなことではなかった。

義明は、宮の側《そば》にいたいのだ。たとえ本当にあの美しい香久夜とのあいだに前世からの約束があるのだとしても、気持ちを偽ることはできない。

（だから……まずは、そのことを、あの香久夜という女人《にょにん》に説明して、謝罪して……償って……？）

何をどう償えるというのだろう。香久夜が長屋王《ながやおう》を待った三百年という時間《とき》の重み。それを償う術《すべ》など、あるのだろうか。

絶望的な気分になりかけたとき、かすかに物音がした。

いや、それは音ではなかった。

かすかな、けれど、ほかの何とも明らかに違う、異質な気配だ。

それは、天空からまっすぐ東の対屋《たいのや》へと降りたように感じられた。

（……宮様っ⁉）

危険なモノだと判断したわけではなかった。ただ、得体の知れないモノに対する本能的な警戒心に、義明は跳ね起きた。

夜着に単衣《ひとえ》を羽織っただけの姿で、足早に部屋を出て東の対屋に向かう。日頃の宮への遠慮など、すっかり吹き飛んでいた。それどころではないのだ。

渡殿《わたどの》を渡り、東の対屋《たいのや》の妻戸《つまど》に手をかけたが、内から閂《かんぬき》が下ろしてあるらしくビクともしない。

力任せにガタガタと揺すると、妻戸の向こうから宮の乳母《めのと》の怯《おび》えた声がする。

「ど……どなたです？」

「俺だ。今、何か……」

義明が言い終わるのも待たずに、カタンと音がして、乳母が妻戸を開けてくれた。

宮の寝所《しんじょ》には灯《あかり》がともされていて、御簾《みす》を透かして人影が見えた。

背の高い青年らしき男が、こちらに背を向けて立っている。向き合うように立った宮
は、警戒するようすもなく親しげに何かを語っていた。

その宮が、義明に気づいて視線を向ける。

「殿……水曜星《ボ》の気配に気づいて、起きてまいったのか」

廂《ひさし》と母屋《おもや》を隔てる御簾が、誰も手を触れないのに音もなく巻き上がった。

おかげで、そこに立つふたりの姿がはっきりと見て取れた。

宮は、いつもの単衣《ひとえ》の上に、見慣れない白い汗衫《かざみ》をまとっていた。

一方、見知らぬ青年のほうは、なんとも奇妙ないでたちだ。身につけているのは異国風
に衿《えり》の立った長い上衣《うわぎ》と、細身の袴《はかま》。元服前の童子のように長い黒髪は、後ろでひとつに
緩く編まれている。

そして、服装よりも奇妙なのは……義明を振り返った冷たい美貌《びぼう》だった。

澄んだ水を思わせる、整いすぎた美貌。

その双眸《そうぼう》は、玻璃《はり》のごとく透き通っている。

「……っ⁉」

この姿は、ヒトではありえない。

義明は驚いて身を引きかけたが、不気味だとは思わなかった。

耳慣れなくて聞き取れなかったが、宮はその青年の名らしきものを口にしていた。宮にとって怪しいモノでないのなら、義明が警戒する必要もないはずだ。

それに、記憶をなくす前には知っていた青年かもしれないと思えば、むやみに警戒するのは相手に対して失礼だ。

「何か……あったのですか？」

「説明している暇はない。殿には関《かか》わりのないことじゃ、寝殿《しんでん》に戻られるがよい」

宮は義明の質問を冷たく受け流し、部屋を出た。

「こんな夜更《よふ》けに、お出かけですか？」

宮は答えなかった。

引き止めることはできないのだ、義明はそう悟った。

事情は何もわからないけれど、宮は行かなければならないと心を決めているらしい。

それなら、せめて、

「……待ってください、俺もご一緒します！」

義明の言葉に、先を急いでいた宮が足を止めて振り返った。

「……殿？」

「こんな夜更《よふ》けに出歩くなんて、物騒です。ご用事があるのなら、俺がお供します」

「…………」

宮は、しばし唖然《あぜん》とした。

義明が、以前と同じように、傍《かたわ》らでともに闘ってくれるというのか。

だが、うなずくわけにはいかなかった。

今の義明は病み上がりのうえ、宮が何者であるかも知らないのだ。おそらく、魔物や怨《おん》霊《りょう》を見ても闘う術《すべ》も持たない徒人《ただびと》同然と考えるべきだろう。

(以前の殿は、もうどこにもいない……)

あらためてそう確認すると、胸が重く痛んだけれど。

「殿の支度を待ってはおれぬ。私は皇太后宮《こうたいごうぐう》に急ぎまいらねばならぬのじゃ。

⦶《カ》――っ！」

宮が澄んだ高い声で何かを呼ぶと、まるで一陣の風にさらわれてしまったかのように宮の躰《からだ》が宙に浮き、そのまま夜空に消えてしまった。

「………」

義明は口を閉じるのも忘れて、宮が消えたあたりを見つめるばかりだったが……ハッと我に返り、そのあとを追おうとしている青年の腕を摑《つか》んで言う。

「こ、皇太后宮《こうたいごうぐう》だな？　待ってくれ、すぐ着替えてくる。案内できるだろう？」

『………』

冷たい玻璃《はり》の瞳《ひとみ》が、義明に向けられた。

表情の窺《うかが》えない瞳だが、あきれられているように感じた。

だが、こんな夜更《よふ》けに、宮は皇太后に挨拶《あいさつ》に行ったわけではないだろう。何かただならぬ事件が起きているに違いないのだ。

「頼む、待っていてくれ。すぐ着替える」

義明はヒトならぬ青年に念を押し、自室に駆け戻った。

皇太后宮に行くならば束帯《そくたい》でなければ失礼だろうが、今は着替えに時間をかけてはいられない。手っ取り早く狩衣《かりぎぬ》をまとい、太刀《たち》を佩《は》く。

簀子《すのこ》に出ると、そこにさっきの青年が立っていた。

『連れていくのは構いませんが、今のあなたでは足手まといでしょうに』

言葉も口調も冷たいが、待っていてくれたのだ。

「皇太后宮へ、頼む。今、馬を……」

『どうなっても知りませんよ』

そう言うなり、青年の姿が闇《やみ》に消えた。

と、次の瞬間、義明の目の前に巨大な龍《りゅう》が現れた。

青年の瞳《ひとみ》と同じ、水のように透きとおった、妖《あや》しくも美しい龍だ。

(これが、さっきの青年……?)

確認する間もなく、水龍《すいりゅう》が襲いかかるように義明に接近し……。

「……っ!?」

太い胴が義明の体軀《からだ》を巻き取るや、夜空に浮いた。

それは奇妙な感覚だった。

体軀は水に浸《つ》かっているだけなのに、落下もせず、明らかに夜空に浮いている。そのうえ、暗くてよくわからないが、頰《ほお》が風を切る感覚から察するに、かなりの速度で移動しているらしいのだ。

ありえないと考える一方で、これを事実として受け止めている自分がいる。

水龍の正体も、宮との関係もわからないけれど、宮にとってはこのような不可思議な出来事も日常の一部なのかもしれないと思う。

「……宮様は、どうして皇太后宮《こうたいごうぐう》へ?」

答えてくれると思ったわけではないけれど。

『野宮《ののみや》に現れた怨霊《おんりょう》が、斎宮《いつきのみや》の生霊を乗っ取って、皇太后宮《こうたいごうぐう》へ向かったのです』

水を通して、声ではなく振動で、そのような意味の言葉が義明に伝わった。その際、この水龍《すいりゅう》が怨霊の動向を見届けて宮に報告に来たところだったのだということも、同時になんとなく理解できた。

『降ろしますよ』

唐突に言われ、義明は「えっ?」と目を見張る。

急降下したと思った次の瞬間には、足が地面に着いていた。

水飛沫《みずしぶき》が散ったと思ったときには、水龍の姿は消えていた。

暗闇《くらやみ》に、ずぶ濡《ぬ》れの義明がひとり佇《たたず》んでいる。

(ここは……?)

築地《ついじ》沿いに角を曲がると、その先に大きな門らしきものと篝火《かがりび》の明かりが見えた。

おそらくここが皇太后宮なのだろうが、何をどう言って誰に取り次いでもらえばいいのか、義明には見当もつかなかった。妻の宮を追ってきてしまっただけなのだ、門番に正直に告げてもあきれられるだけだ。

それに、義明はずぶ濡れの狩衣《かりぎぬ》姿。皇太后を訪ねてきたと言っても、とうてい相手にしてもらえない姿だ。

だからといって引き返すつもりもなく、義明は足音を忍ばせて門の側《そば》に寄ってみた。

そこからは、まだ門番の姿は見えない。

都合よく門の内で居眠りでもしていてくれないものだろうかと期待して、門柱に背を当てて中を覗《のぞ》き込《こ》む。

「…………」

そこには門番はおろか、警護の者たちの姿さえなかった。

そっと門をくぐると、

「……ああ、蔵人権頭《くろうどのごんのとう》様ぁ……」

下から呼ばれ、ギョッとして足を止める。

四脚門《よつあしもん》の柱に寄りかかるようにしゃがみ込んで、風折烏帽子《かざおりえぼし》に水干《すいかん》姿の若者がこちらを見上げていた。見覚えのない若者だが、どうやら顔見知りだったらしい。

「……おまえは？」

「蜻蛉《トンボ》ですよ……って、あれ？　そうか、もしかして、私のことも忘れていらっしゃるんですね」

蜻蛉と名乗った若者は、大儀そうに立ち上がって溜《た》め息《いき》をついた。

風折烏帽子からこぼれた癖のある前髪が、篝火《かがりび》に透けて揺れている。瞳《ひとみ》の色も、透けて見えそうなほど薄く、存在そのものが希薄に感じられる。

「私は術士の端くれですが、陰陽寮《おんみようりよう》には属してなくて内覧殿《ないらん》に個人的に雇われているだけの身なので、姫宮様には重宝にこき使われているんですよ。今回だって、皇太后宮《こ こ》の結《けっ》界《かい》を急いで強化しろと命じられて。陰陽《おんみょう》の術の結界なんてのは、姫宮様がお作りになる結界みたいに道具もなしにその場で作ったり消したりできるようなモノじゃなくて、手順とか儀式の道具とかが必要で、そう簡単に言われても困るんですが……いえ、すみません、私の話はいいんです。ただ、その結界が……」

「結界が？」

「私の結界は、怨霊《おんりょう》とか魔物とか、そういうモノたちは通さないのです。でも、さっき先に通ったのが、あろうことか斎宮《いつきのみや》様の生霊で……日々の潔斎《けっさい》で浄《きよ》められた方だからか、生霊なのになんとか通られてしまって、それで生じてしまったちょっとした隙《すき》というか歪《ゆが》みというかをこじ開けるみたいにして、斎宮様につながっていた怪しい怨霊みたいなのまで通ってしまったんですよ」

長々と説明する螃蛉に根気よく付き合っていた義明も、結界に怨霊が入り込んだと聞いては落ち着いてなどいられなかった。

まだ何か言おうとする螃蛉を遮り、早口で尋ねる。

「それで、宮様は⁉」

「姫宮様なら、さっき翔《と》んでいらして、まっすぐ皇太后《こうたいごう》様のところへ行かれましたよ」

宮が来たからもう大丈夫、そんな安心感が螃蛉にはあったのだろう。だが。

（では、宮様がその怨霊《おんりょう》とやらと対峙《たいじ》して……？）

義明にしてみれば、それこそとんでもないことだ。

そのとき。中門《ちゅうもん》の向こうで大きな物音がして、人々のざわめきが耳に届いた。

怨霊が起こした騒ぎなのか。

門番や警護の者たちの姿がここにないのは、皆そちらへ行ってしまっているからだったのだ。

そしてふたたび、今度は女房《にょうぼう》の悲鳴らしきものが聞こえた――。


それより数刻前のこと。

皇太后宮《こうたいごうぐう》は、穏やかに寝静まっていた。

一時は夢枕《ゆめまくら》に立つ斎王《いつきのみこ》の霊に怯《おび》えて体調を崩していた皇太后彰子《しょうし》も、蜻蛉が夜毎《よごと》に結界《けっかい》を強化するようになってからは夢にうなされることもなく、心安らかに眠れるようになっていた。

側近の女房たちは安心し、これですべてが丸く収まったのだと思い込んでいる者たちも多かった。

結界により悪《あ》しきモノが入りにくくなっただけであることを承知している貴子《たかこ》だけは、

当番でなくても彰子の寝所《しんじょ》の側《そば》で寝《やす》むよう心がけていたけれど、一時期のように心配で夜中に幾度《いくたび》も目覚めるようなことはなくなっていた。

その貴子が、ふいに目覚めた。

何か、空間が歪《ゆが》んだような違和感があったのだ。

それは、当子内親王《とうしないしんのう》の生霊《いきりょう》と井上《いのえ》内親王の怨霊《おんりょう》が入り込んだために結界《けっかい》が歪んだ、その瞬間であったのだが、もちろん貴子にそこまでわかるはずもない。違和感を感じ取れたのも、宮の式神《しきがみ》の計都星が貴子の側にあったからで、貴子自身の能力《ちから》ではなかった。

かんじんの計都星は、貴子を起こしてすぐに姿を消したまま彰子の許《もと》へと行ってしまっていたのだが、貴子にはそれさえもわからなかった。

几帳《きちょう》をふたつ隔てた向こうに灯台《とうだい》がひとつあるだけの薄暗い部屋で身を起こし、あたりを見まわす。自分の影がわずかに揺れるだけ、異状はない。

耳を澄ましても、聞こえるのは夜風が木々を揺らす音ばかりだ。おそらく、彰子は安らかに眠っているのだろう。

そう考えて横になりながらも、貴子は落ち着かない気分に襲われていた。

そして、ふと、その原因に思い当たる。

静かすぎる。

(宵の加持《かじ》は……もう終わってしまうような時刻?)

彰子の夢枕《ゆめまくら》に怪しい気配が立つようになってからは、加持僧《かじそう》に毎晩、夜通しで誦経《ずきょう》させていたのだ。なのに、その声が今は聞こえない。

もっとも、彰子が大仰《おおぎょう》なことを好まないため、加持僧はつねにひとりかふたりで、夜通しといっても休憩はある。今が、たまたまその休憩にあたっているだけなのかもしれないけれど。

気になってしまうともう寝直す気になれず、貴子はふたたび身を起こして単衣《ひとえ》と小袿《こうちぎ》を羽織った。

彰子の寝所《しんじょ》との境の御簾《みす》を透かして見えるのは、御帳台《みちょうだい》の側面で、そこから見える帷《かた》子《びら》にも几帳《きちょう》にも乱れはない。

そのとき、何か聞こえた気がした。

（……皇太后様《こうたいごう》の……お声……？）

間違いない。御帳台の内の彰子が、声を押し殺して何か語っているのだ。

御帳台の外に、話し相手の姿はない。

御帳台の内にまで招き入れて語り合っているのだとすれば、相手はごく親しい側近の上《じょう》臈女房《ろうにょうぼう》なのだろう。だとすれば、貴子の出る幕ではないのだが。

何かが違うと感じた。

（もしや、また、うなされておいでなのかしら……）

貴子は思い切って御簾《みす》をくぐり、御帳《みちょうだい》台の正面にまわった。

上げられたままの帳《とばり》の奥に見えたのは……。

「…………っ！」

悲鳴が、喉《のど》の奥で凍りついた。

小柄な彰子が、後ろから何者かに首を絞め上げられていた。

それは、御帳台の内で首を吊《つ》っているようにも見える光景だった。

長い黒髪を振り乱し、白い両手で首のあたりを搔《か》きむしっている。

白い夜着の膝《ひざ》は緩く曲がり、裸足《はだし》の足先は衾《ふすま》に触れているものの、その上を虚《むな》しく彷徨《さまよ》うばかり。

そんなふうに首を絞め上げることができるのは、さぞや剛力の大男だろうと思いきや……彰子の後ろに立っているのは、白い衣をまとった、少女にも見える小柄な女だった。

ヒトにできることではない。例の、斎王《いつきのみこ》の霊とやらに違いなかった。

彰子の足下では、巨大な猫にも見える獣が怨霊《おんりょう》に向かってうなり声を上げていた。計都星の精、豹尾神《ひょうびしん》だ。

「こ……皇太后《こうたいごう》様っ！」

貴子は、駆け寄って助けようとしたのだけれど、

『邪魔をするでない』

鋭い声で制され、足が止まった。

悍《おぞ》ましいとも神々《こうごう》しいともつかない、力強い声の響きだった。

獰猛《どうもう》そうな獣神が、叱《しか》られた猫のように耳を後ろに倒してわずかに後退《あとじさ》る。

気丈な貴子でさえ、恐怖のあまり手足から血が引くのがわかる。膝《ひざ》が震え、逃げ出してしまいたくなった。

そのとき、貴子の声が聞こえたからだろうか、彰子が苦痛に歪《ゆが》めた貌《かお》をこちらに向け、唇を震わせる。

「げんのぃ……逃げ…て……」

かすれた、声にもならない声だった。

白い手が外を指差そうと上げられたが、苦しみに揺れて定まらない。

その痛ましさに、貴子はかろうじて踏《ふ》み止《とど》まった。

彰子は女房《にょうぼう》を巻き添えにするまいと願っているのだろうが、そんな主《あるじ》をみすみす見殺しにはできない、したくない。

「は……放してください。そのお方は、皇太后《こうたいごう》様……国母《こくぼ》であられる、大切な御身《おんみ》なのです」

『藤《ふじ》の国母なればこそ、生かしてはおけぬ……』

憎悪《ぞうお》のような殺意を感じ、貴子は震え上がった。

誰の霊なのかは知らないが、本気で、心の底から彰子を恨み、殺そうとしている。

（でも、どこの誰が、このお優しい皇太后様《こうたいごう》を恨むというの……？）

貴子が側《そば》で仕えて知る限り、彰子は他人の恨みを買うような女人《にょにん》ではない。高貴な立場ゆえに妬《ねた》まれることはあるかもしれないが、怨霊《おんりょう》となって祟《たた》り殺《ころ》したいほど憎悪《ぞうお》されて当然だとは、微塵《みじん》も思えない。

（身勝手な恨みで怨霊になったのなら……望みどおりにはさせないわ！）

どうにかならないかとあたりを見まわした貴子の目が、小さな香炉を捉《とら》えた。

義明の寝所《しんじょ》に置いてあったという香炉。灰には、浄化の〈気〉が残り香のように染《し》み込《こ》んでいるという。

そんな物に護符程度の効力さえあるかどうかわからなかったけれど、貴子は藁《わら》にでもすがる気持ちで香炉に手を伸ばした。蓋《ふた》をとって灰を摑《つか》み、

「皇太后様、息を止めていらしてっ」

叫ぶと同時に、見えない怨霊に向かって灰を投げつけた。

細かな灰は思ったほど飛ばず、貴子の目の前で煙のように舞い上がった。

貴子は慌てて袖《そで》で貌《かお》を覆ったが、目に染みると思うまもなく咳《せ》き込《こ》んでしまった。

やっと咳《せき》のおさまった貴子が袖を下ろしたとき、彰子は衾《ふすま》の上にうずくまるように倒れていた。

その傍《かたわ》らで、白い衣が大きく揺れている。怨霊《おんりよう》が両袖《りようそで》を振って、舞い上がる灰を払いのけようとしているのだ。

貴子は勇気を出して側《そば》に寄り、もうひと摑《つか》み、灰を撒《ま》いた。

『お……おのれ、小娘ぇ……』

怨霊が獰猛《どうもう》に吠《ほ》えた。

これが一時凌《いちじしの》ぎにしかならないことは、貴子にも予測できる。

「皇太后様《こうたいごう》、今のうちに、さぁ」

貴子は彰子を助け起こして逃げようとしたのだが、ずっと首を絞め続けられていた彰子は、貴子の声にうなずくだけで起き上がることさえできなかった。

抱き起こそうにも、まったく力の入らない身体《からだ》を抱えるのは難しい。男手か、せめてもうひとり女房《にようぼう》がいればと思うのだが、誰も気づいていないのか、あるいは物音に恐れをなして近づかないのか、誰も来てくれそうにない。

貴子はひとりででも助けようと、彰子の腕を自分の首にまわして支え、立ち上がろうとした。

『逃がすものか……待たれよ、光明皇后《こうみようこうごう》』

「……誰？　そんな人、知らないわ。人違いなのでしょう⁉」

彰子が恨まれているはずがない、そう信じる貴子の言葉は、けれど、怨霊には届かないのか。

『待たれよ……』

白い装束の怨霊《おんりょう》が、彰子の肩を摑《つか》んで引いた。

彰子よりさらに小柄な少女のようにも見える怨霊だが、ヒトならぬモノの力は思いのほか強く、彰子の身体《からだ》はたやすく貴子の手から奪われた。

貴子は香炉の灰を撒《ま》こうとしたが、すでに香炉は空だった。

深く考えもせず、怨霊めがけて香炉を投げつける。

銀細工の香炉は、実体のない怨霊を素通りしただけだった。

だが、その行為が怨霊の逆鱗《げきりん》に触れた。

『そなた……女官の分際で、無礼であろう』

言葉と同時に、床に落ちた香炉が貴子に向かって飛んできた。

突然のことで、避けることもできなかった。

香炉は貴子の肩に当たって小袿《こうちぎ》を切り裂き、床に落ちて跳ねた。

鋭い痛みを感じ、やがてそこがじんわりと熱くなる。肩が切れて、衣に血が滲《にじ》む。生温かい感触が、気持ち悪い。

殺されてしまうかもしれない……そう思った。

「ふ、ふざけないで！　怨霊に無礼だなんて言われる筋合いはないわっ。身分がどうだって、みんな一生懸命生きているのよ、死んだヒトの勝手な恨みで殺される理由なんかないわっ」

『理由は、ある……』

冷たい声。

貴子は、ぞっとする恐怖に身を凍らせた。

『邪魔をいたすなら、まずはそなたからじゃ……』

床に落ちた香炉が、ふたたび宙に浮く。

(……来る……？)

殺意がある。香炉は、今度こそ貴子の胸を貫くだろう。

変哲もない銀細工の香炉が、恐ろしい凶器に見えた。

こちらへ飛んでくるとわかっていても、身動きができない。

「……っ！」

向かってくる香炉に、貴子は思わず目を閉じてしまった。

直後に鈍い音がして……痛みはないけれど、貴子は生きた心地がしなかった。

恐る恐る、うつむきがちに目を開く。

真っ先に視界に飛び込んだのは白い布で、貴子は怨霊《おんりょう》が目の前にいるのかと、

「ひ……っ」

思わず後ろに跳《と》び退《しさ》った。

だが、すぐにそれが見覚えのある後ろ姿だと気づく。

「……姫宮…様……？」

白い汗衫《かざみ》をまとった、華奢《きゃしゃ》な背中。その背に、長い黒髪が流れるように揺れる。

豹尾神《ひょうびしん》が叩《たた》き落《お》としたのだろうか、銀細工の香炉は床に転がり、獣神はどこか得意そうに主《あるじ》の宮を見上げていた。

怨霊《おんりょう》が獰猛《どうもう》に唸《うな》る。

『そなた……何者じゃ⁉　邪魔をいたすなら……』

それを無視して、宮は貴子に背を向けたまま静かに言う。

「ご苦労であったな。もうよい、ここは危険じゃ、出ていくがよい」

「で……でも……」

怨霊の足下には、彰子が力尽きたようにうつぶせて倒れている。そんな彰子を残し、宮ひとりに怨霊を任せて逃げることなど、貴子にはできなかった。だが、

「足手まといは、皇太后《こうたいごう》ひとりでたくさんじゃ」

宮の率直な言葉に、貴子はうなずかざるをえなかった。

逃げるなら彰子も一緒に……そう思うのは、貴子の勝手な願望だ。助け出す能力《ちから》がない以上、今は宮の邪魔をしないことだけが貴子にできることだった。

『……逃がしはせぬぞ……』

「行け」

宮の声に背を押されるように、貴子は御簾《みす》をくぐって部屋を出た。

言葉に反し、怨霊《おんりょう》はそれを妨げようとはしなかった。宮が牽制《けんせい》していたからなのか、あるいは標的の彰子以外、本当はどうでもよかったからなのか。

彰子の寝所《しんじょ》の外、廂《ひさし》の間《ま》に人影はなかった。

妻戸《つまど》はいつのまにか開け放たれて、それを遠巻きにするように警護の者たちが詰めかけていた。その後ろに、不安そうな女房《にょうぼう》たちの姿もある。よく見れば、蔀《しとみ》の向こうにもびっしりと人影があった。

皆、異変に気づきながらも、女房たちは怯《おび》えて逃げ出し、武者《もののふ》たちは場所が皇太后《こうたいごう》の寝所だけに踏み込みかねていたのだろう。

貴子はそれを歯がゆく思ったけれど……しょせん、ヒトが武器を手にして乗り込んだところで闘える相手ではないのだ。下手な手出しは犠牲者を増やすだけなのだとしたら、これで正解だったのだと思い直した。

それでも、宮や彰子を残して逃げてきたことへの罪悪感は拭《ぬぐ》えず、貴子は廂で足を止めてしまっていた。そこはまだ安全とは言いがたい場所だったが、そこより外に逃げる気にはなれなかった。

もしかしたら、宮が怨霊《おんりょう》と闘っている最中に、彰子だけ御簾《みす》から出てくることだってあるかもしれないのだ。そうしたら、衰弱している彰子をどこか安全なところまで移動させる、それくらいなら貴子にもできる、やらなければならない、そんな使命感があった。

その一方で、肩からの出血は続いていて、痛みと失血で目眩《めまい》がした。じっとりと血を吸った小袿《こうちぎ》が重く感じられ、生温かくベトつく感触が不快だった。

「………貴子っ」

耳に馴染《なじ》んだ声が、遠くから聞こえた。

ゆっくりと振り向く。

人垣の向こうに見える、烏帽子《えぼし》を被《かぶ》った長身の男。従弟《いとこ》の義時《よしとき》だ。

（こんな夜更《よふ》けに……姫宮様のお供で来たのかしら……）

失血にぼんやりする頭で、そう思う。騒ぎに驚いた皇太后宮《こうたいごうぐう》の警護の者から知らせを受けた義時が、貴子を心配して駆けつけたのだとは想像もしていない。

と、突然、御簾が膨らむように持ち上がり、宮と獣神が廂《ひさし》の床に叩《たた》きつけられた。

その物音に、外の女房《にょうぼう》たちが状況もわからず悲鳴を上げた。

「……姫宮様っ⁉」

驚いて駆け寄ろうとした貴子に、宮が首だけ起こして叫ぶ。

「来るなっ！」

御簾の向こうに、怨霊の姿が透けて見える。

貴子は、身動きできずに息を詰めた。

直後、無事なほうの腕を掴《つか》まれ、驚いて振り返る。

「あ……」

一瞬、義明が駆けつけたのだと思ったが、そこに立っていたのは、さっきまで遠くに見えていた義時だった。

宮が叫ぶ。

「義時殿、その娘を外へ！」

「義姉上《あねうえ》は⁉」

「私にかまうなっ、早く！」

義時はうなずいて、貴子の腕を引く。

「ぐずぐずするな、逃げるぞっ」

「で……でも……」

自分だけが逃げることはできない……そう訴えたかった貴子だが、

「怪我《けが》してるんじゃないか、馬鹿野郎《ばかやろう》っ！」

頭ごなしに怒鳴られ、とっさに反発を感じたけれど、言うべきことが多すぎて頭の中が真っ白になり何も言えなかった。

義時は、有無を言わさず、そんな貴子を胸に抱き上げた。

そのまま、大股《おおまた》で外へと歩き出す。

そのいつになく強引な態度と、思いのほか広く厚い胸に、貴子はとまどった。

貴子が知る義時は、身体《からだ》ばかり大きくなっても悪童だった頃から変わらない、ひとつ歳《とし》下《した》の従弟《いとこ》でしかなかった。最近では頻繁に皇太后宮《こうたいごうぐう》に出入りして、気軽に使い走りしてくれる、便利で気のおけない身内だと思っていたのに。

胸に抱かれたまま見上げる貌《かお》は、頰《ほお》から顎《あご》が骨張って男臭く、もはや童子の面影を残してはいない。

いや、今はそんなことに感心している場合ではない。

そう気づいたとたんに頰が火照《ほて》り、貴子は焦《あせ》った。

「お……下ろして。まだ、皇太后様と姫宮様が……」

「俺たちがいても邪魔なだけだ、義姉上《あねうえ》に任せろ」

ぶっきらぼうな返事。無責任にも聞こえる言葉だったが、たぶん間違ってはいないのだと貴子にもわかる。

「………」

言い返せずにいるあいだに運び込まれたのは、質素な屛風《びょうぶ》があるだけの板の間で、そこには騒ぎに怯《おび》えて逃げてきた若い下級の女房《にょうぼう》たちが何人か、集まっていた。

義時は貴子を床に下ろして、女房たちに言う。

「怪我《けが》をしてるんだ、誰か、手当てを頼む」

若い女房《にようぼう》たちが布を水をと騒ぐあいだ、貴子はあたりを見まわした。飾り気のないこの部屋は、中門《ちゆうもん》の外で武者《もののふ》たちが待機する随身所《ずいじんどころ》のようだ。武者たちに知人の多い義時が、この皇太后宮《こうたいごうぐう》で唯一頻繁に出入りできる場所だ。

屏風《びようぶ》の向こうから鈍色《にびいろ》の法衣《ほうえ》が覗《のぞ》いていて、その脇《わき》で若い女房が桶《おけ》に布を浸すのが見えた。どうやら僧侶《そうりよ》が介抱されているらしい。気の毒に、宵の加持《かじ》の最中、それを邪魔だと判断した怨霊《おんりよう》に真っ先に襲われたらしい。

あらためて義時を振り返ると、義時は土足のままだった。その足で廂《ひさし》に上がったのだとすれば無礼にもほどがあると思った貴子だが、とんでもないと憤慨したつもりが……口から文句が出る代わりに、両眼から涙がこぼれた。

熱い涙が頰《ほお》を伝って、ようやく気がつく。

怖かったのだ。

彰子を護《まも》りながら、本当は逃げてしまいたかった、誰かに助けてほしかった。

義時が傍《かたわ》らに膝《ひざ》をつき、心配そうに尋ねる。

「大丈夫か？　すまん、手荒に連れてきたから、傷に響いたか……」

貴子は黙って首を横に振った。

傷は痛むが、我慢できないほどではない。ただ、緊張の糸が切れて、口を開けば義時にしがみついて泣き続けてしまいそうだった。

「……どうせなら兄者《あにじゃ》に助けてほしかっただろうが、ま、たまには俺で我慢しとけ」

冗談に紛らして見当違いなことを言う義時は、

「それじゃ、俺は重家《しげいえ》殿と一緒に義姉上《あねうえ》のようすを見てくるから……ここも危なくなったら、ほかの女たちと一緒にすぐ逃げろよ」

そう言い置いて、頭に白い布を巻いた僧侶《そうりょ》と一緒に出ていった。

その際、僧侶が振り向いて貴子に会釈《えしゃく》した。それは、よく見知った美貌《びぼう》だった。

手当てを受けていた僧侶は、重家だったのだ。

「……………」

戻っては危ない、そう言って引き止めるべきだったのかもしれないけれど。

重家が一緒ならという安心感も、どこかにあった。そして。

僧形《そうぎょう》の重家と並んで迷いもなく駆け戻ってゆく従弟《いとこ》の勇敢な後ろ姿を、貴子は初めて見るような気持ちでただ見送った。

その頃、宮は怨霊《おんりょう》と対峙《たいじ》したまま、手段《て》もなく困惑していた。

目の前にいるのは、先日野宮《ののみや》で会ったばかりの斎 宮当子内親王《いつきのみやとうしないしんのう》に見える。だが、その生霊に同化して主導権を握っているのが井上内親王の怨霊であることは、水曜星の報告でわかっていた。

さすがは長きに亘《わた》って斎 宮《いつきのみや》を務めた皇女《ひめみこ》の怨 霊《おんりょう》というべきか、日頃は獰猛《どうもう》な豹尾神《ひょうびしん》さえその神々《こうごう》しさに遠慮しておとなしく、怯《おび》えた猫のように宮の側《そば》から離れない。

皇太后《こうたいごう》彰子は白い夜着一枚まとっただけの姿で、怨霊の足下に倒れ伏していた。意識はあるようだが、恐怖に身がすくんでしまったのか頭《こうべ》を起こそうともしない。

この場合は正しい対処だ。下手に動けば怨霊を刺激して、さらなる攻撃を受けるだけであるのは明らかだった。

宮は冷静に状況を見極めようとしていた。

相手は遠い昔に亡《な》くなった井上内親王《ないしんのう》の霊だ。

これほど長い時間を現世《うつしよ》にとどまっていては魂が疵《きず》だらけで、いまさら冥府《めいふ》へ送ったところで輪廻《りんね》の輪には戻れないだろう。ならば、消滅させてしまうのが、いちばん手っ取り早い。

だが、厄介なことに、井上内親王の怨霊は当子内親王の生霊とぴったり重なり合うように同化していた。怨霊の巻き添えで生霊が消滅すれば、残された当子内親王の肉体もやがて朽ち果ててしまう。

（生霊を引きはがして、怨霊だけ攻撃できればよいのだが……）

すっかり重なっている両者を分けることは、宮の能力《ちから》をもってしても難しい。

これほどまでに重なり合ってしまうのは、ともに斎宮《いつきのみや》であるばかりではなく、皇女《ひめみこ》でありながら弱い立場にある境遇や、異母弟妹に対する複雑な思いなど、気持ちの上でも共通するものが多いせいなのだろう。

だとすれば、両者の意識の違いが強調されれば、おのずと分離できるかもしれない。

宮は、そっと呼びかける。

「女一《おんないち》の宮《みや》様……」

その呼称は井上内親王《ないしんのう》と当子内親王、双方の立場に当てはまったが、そんなふうに呼ばれ慣れているのは、当子内親王のほうだった。

宮が続ける。

「先日も野宮《ののみや》でお会いしましたね、女一の宮様。お元気そうであられたので、よもやまさか皇太后《こうたいごう》を恨んでおいでとは気がつかなんだが……」

『…………』

怨霊《おんりょう》――いや、当子内親王の生霊のほうなのだろう――は何か言いたげに口を開いたが、言葉を発することはなかった。怨霊に邪魔されているのか、あるいはもはや意思そのものまで乗っ取られかけてしまっているのか。

　代わって、怨霊が低くうなる。

『……去《い》ね。誰かは知らぬが、邪魔をいたすなら、そなたもろとも滅ぼすまでじゃ』

「斎宮《いつきのみや》にして皇后《こうごう》であられた皇女《ひめみこ》よ……そなたが、そなたが生きた世を恨み憎むのは当然のことなれど、それはもう遠い昔のこと。そなたを陥《おとし》い《い》れ苦しめた者たちは、もはやこの世にはおらぬ」

『偽りを申すな』

　どうやら、すでに己の生きた時代から三百年の歳月が流れていることを忘れてしまっているようだ。ならば、わからせてやるまでだ、と宮は思った。

「そこに伏しておるは、光明皇后ではないぞ」

『同じじゃ。藤《ふじ》は、あの頃より広く深く根を張り、はびこっておる……』

　禍々《まがまが》しくも、神々《こうごう》しくも聞こえる、不可思議な声。

　その口調は、死してなお現世《うつしよ》を見続け、何かを悟っているかのように聞こえる。

　井上内親王《ないしんのう》の怨霊《おんりょう》は、時代を取り違えているわけではないのかもしれない。

　閨閥《けいばつ》ゆえに天皇家と深く結びつき、権勢を独占してきた藤原《ふじわら》氏。その閨閥の礎《いしずえ》のひとりが、藤原不比等《ふひと》の娘にして臣下で最初の皇后になった光明皇后だ。

　井上内親王の立場を当子内親王に置き換えてみれば、当時の不比等と光明皇后に重なるのは道長《みちなが》と中宮妍子《けんし》であろうか。いや、東宮《とうぐう》の生母という観点では、やはり妍子ではなく彰子ということになるのか。

怨霊の理屈など、宮にはわからない。

そもそも、理屈などありはしないのだ。あるのは恨みと憎しみ、抑えることのできない憤《いきどお》り、それだけだ。

それでも、言ってやらずにはいられない。

「その者は、皇太后《こうたいごう》。殺《あや》めたところで、いまさら何も変わりはせぬぞ」

『藤《ふじ》は、魔性の樹《き》。根絶やしにせねば、帝《みかど》を締め殺して成り代わろうぞ……』

もう遅い。宮は皮肉な気持ちで苦笑した。

〈月の姫〉の言い分ではないが、皇室の血はとっくの昔に藤原氏の血に凌駕《りょうが》されているのだ。井上内親王《ないしんのう》の時代ならいざ知らず、この国にはもはや藤原氏の血を引かない皇族などひとりもいない。

「藤を根絶やしにするには、皇室の血も断たねばならぬ。さすればこの国は滅ぶ。かつて一度は皇后《こうごう》と呼ばれた皇女《ひめみこ》が、それを望んでおるのか？」

『――――』

怨霊《おんりょう》が低くうなった。

藤原氏の血を厭《いと》うというのであれば、聖武帝《しょうむてい》の皇女である井上内親王も、祖母は不比等の娘宮子《みやこ》。はじめから矛盾を含んでいる。

（いや、だからこそ……なのか？）

母が藤原氏ではないというだけで同族の藤原氏に切り捨てられ、伊勢《いせ》に追いやられ、弟は殺された。

『……私たちも、同じ……』

か細い声がした。当子内親王《ないしんのう》だ。

今上帝《きんじょうてい》の皇女《ひめみこ》であり、母も藤原氏の皇后《こうごう》だというのに……道長の一族ではないという理由で、自分ばかりか兄たちも肩身の狭い思いをしている。

『藤の者どもは、夜の世界の加護を受けし者……野放しにはできぬっ』

これは私怨《しえん》ではないのだと、怨霊《おんりょう》は吠《ほ》えた。

斎　王姿《いつきのみこ》の怨霊が、ふわりと白妙《しろたえ》の袖《そで》を振る。

怨霊の足下から、黒い瘴気《しょうき》が立ち昇った。

瘴気は、倒れ伏したままの彰子を見る間に覆い隠してしまいそうだった。

彰子は肘《ひじ》をついて上体を起こそうとしたけれど、それも叶《かな》わず瘴気の海に沈む。

助け出そうと駆け寄った宮は、稲妻《いなずま》が落ちたかのような衝撃とともに弾《はじ》き飛《と》ばされ、先刻のように廂《ひさし》に転がり出るかと思われたのだが……今度は、壁のように硬い御簾《みす》に背中を打ちつけた。

（結界《けっかい》か……）

この部屋は、怨霊《おんりょう》の結界に閉ざされてしまっていたようだ。部屋の外の者たちに危害が及ぶ心配がないという点では、宮にとっても好都合だ。

宮は、痛みをこらえて立ち上がる。

(いまさら、皇太后《こうたいごう》ひとり殺《あや》めたところで、どうなるものでもあるまいに……)

足がフラつく。目眩《めまい》だろうか。

豹尾神《ひょうびしん》は瘴気《しょうき》にあてられたのか、玻璃《はり》の珠《たま》に戻って床に転がっていた。

彰子は大丈夫だろうかと視線を上げた宮は、目を見張った。

苦しげに上体を起こした彰子の身体《からだ》に、黒い瘴気が渦を巻いて吸い込まれているように見えたのだ。

そして、小柄な彰子の身体がさらに小さく縮み……いや、若返って童《わらわ》になり、消えたと思うまもなく二十代半ばの女が現れる。

「な……?」

その少しやつれた美しい女の貌《かお》に、宮は見覚えがあった。生前の皇后定子《こうごうていし》に、まさに生き写しだったのだ。

その姿が十代に戻ると、今度は毅然《きぜん》とした表情の女が現れる。はじめは見たことのない貌だと思ったが、よく見れば、女院《にょいん》と呼ばれた先帝の生母の若い頃ではなかろうか。

「……これは……」

彰子の身体《からだ》に瘴気《しょうき》が吸い込まれていたのではない。

あの渦は、彰子を媒体にして時を巻き戻そうとする、その歪《ゆが》みの表れだったのだ。

そう気づいたとき、すでに宮は捩《ねじ》れた空間の狭間《はざま》に挟まれたかのように身動きできなくなっていた。まるで日に見えない薄い板に挟まれたまま、その板が渦を巻いて捩れ、ひしゃげるように感じられ……躰《からだ》は押《お》し潰《つぶ》されそうに痛く、息も苦しい。

そうするうちにも、彰子の様相はどんどん移り変わる。

現れては消えてゆく女たちは、彰子以前の歴代の皇后《こうごう》と中宮《ちゅうぐう》、あるいはそれに相当する立場の女御《にょうご》たちのようだ。

こうして光明皇后の時代まで戻し、光明皇后を殺《あや》めるつもりなのか。

そうなれば、皇室の歴史は違っていたはずだ。

井上内親王《ないしんのう》の生涯も、あれほど悲惨なものにはならなかったかもしれない……。

だが、それは、あらゆる時間と空間を歪めてしまうことだった。

ましてこの狭い結界《けっかい》の中で皇后と中宮の時間だけ巻き戻したのでは、後世の多くの人々に矛盾が生じ、悪くすれば現世《うつしよ》そのものが崩壊してしまう恐れがある。過去も現在《いま》も、消えて無に帰するかもしれない。

苦しい息の下、宮は声を絞り出す。

「……よさぬか……諦《あきら》められよ、井上内親王《ないしんのう》っ！」

『もっと早《はよ》う、こうするべきだったのじゃ。忌《い》まわしき藤《ふじ》が、これほど根深くはびこる前に……』

「いかに忌まわしき世であろうとも……今生きている者たちをすべて消し去って、それで満足だと申されるか？　何も知らぬ罪のない者たちまで巻き込むことが、皇女《ひめ》の望みか⁉」

怨霊《おんりょう》が、かすかに動揺したように見えた。

迷いがあるのかもしれない。宮には、皇后《こうごう》という尊い立場に在《あ》った者が、のちの世の民草の不幸を望むとは思えなかった。

しかし、そうするうちにも彰子の身体《からだ》は変貌《へんぼう》を続け、やがて、凛《りん》とした若い女の姿に落ち着いた。

黒髪を頭上に美しく結い上げ、背子《からぎぬ》をまとって端座している。

深いまなざしの、憂いをたたえた女だ。

その容貌は、造作そのものより表情が、どこか彰子に似て見えた。

これが藤原氏の野望のために臣下で初の皇后に押し上げられ、井上内親王を排除して娘の皇女《ひめみこ》を帝《みかど》に立てた光明皇后なのだとしたら、この哀《かな》しげな表情《かお》は何なのだろう。

彰子が、いや光明皇后《こうごう》が、井上内親王の怨霊を見上げて言う。

『……井上皇后か？』

井上内親王が皇后になるのは、光明皇后が亡《な》くなったずっとのちのことだったが、死後の魂は時空を超えた存在だ。生前の姿に戻されようと、一度死んだ者の魂は生前の記憶に縛られないらしい。

『お恨み申し上げますぞ、光明皇后様……』

『そなたたちには大変申し訳なく、痛ましいことと、胸を痛めておりました』

井上内親王を次々と陥《おとしい》れたのは、光明皇后本人ではなく、兄弟たちとその子らだった。

だが、常にその後ろ盾と目されたのは皇后の存在であり、それによって培《つちか》われた藤原氏の地位が、その後の陰謀の後ろ盾になっていた。

そうでなくても、一族のやったことだ。たとえすべてが光明皇后の与《あずか》り知《し》らぬところで企《たくら》まれていたのだとしても、だからといって責任逃れが許されるとは皇后本人も思っていない。

この光明皇后こそは、父不比等の邸宅跡に滅罪の寺を造り、人々への施しを続けた「積《せき》善《ぜん》の藤家《とうけ》」を象徴する女人《にょにん》だ。一族の罪業《ざいごう》の深さを思い、せめてもの罪滅ぼしのつもりだったのだろう。

だが、血塗られた藤原氏の罪がその程度のことで相殺《そうさい》されるはずもなかった。そればかりか、その後の三百年、皇室に巻きついて巨大な大樹となった藤《ふじ》には、身内同士での醜い争いが絶えなかった。

『そなたの気持ちが、それですむのなら……』

光明皇后《こうごう》は井上内親王《ないしんのう》の怨霊《おんりょう》を見上げ、虚《むな》しい笑みを浮かべた。

亡《な》き者同士の会話を黙って聞いていた宮が、思わず声を上げる。

「ならぬ！　それでは現世《うつしょ》が……」

『しょせん、私の血は即位した娘の代で途絶えてしまうのです。あの子も可哀相《かわいそう》な子、いっそ帝《みかど》になどならず皇族の妻にでもなっていれば、道を誤ることもなかったでしょうに。言っても仕方のないことです』

繰り言を口にしたことを恥じるように少しうつむき、光明皇后は続ける。

『この私が立后《りっこう》される前にいなくなることで、藤の血の穢《けが》れが祓《はら》えるのなら……』

『お覚悟召《しょうき》されよ……』

黒い瘴気が、端座した光明皇后の足下から湧《わ》き上《あ》がる。

さっき彰子を包んだ瘴気より、ねっとりと重そうな、毒を含んだ瘴気だ。

覚悟を決めているのだろう、光明皇后は逃げようともせずに目を閉じた。

「ならぬっ！」

宮は渾身《こんしん》の力で、光明皇后にまろび寄った。歪《ゆが》んだ空間に阻《はば》まれ、肌が裂け骨が砕けるのではないかと思われるほどの痛みと抵抗を感じたが、かまってはいられなかった。

光明皇后《こうごう》の肩を抱くように両腕をまわし、毒の瘴気《しょうき》から護《まも》るべく、ふたりをぴったりと押し包むだけの結界《けっかい》を張る。

そうしたうえで、念じるようにささやきかける。

「……戻られよ。この身体《からだ》は彰子皇太后《こうたいごう》のものじゃ。光明皇后よ、あなたはもう昔のヒト、時を戻してこの身を皇太后に返されよ」

『……………』

光明皇后は応じない。

代わりに、怨霊《おんりょう》の嘲笑《あざわら》う声が宮の耳を震わせる。

『愚かな童《わらわ》よ。そなたの結界があっては彰子とやらには戻れまい。早《はよ》う、その結界を解くがよい。徳の高い光明皇后は、己《おの》が血の罪を厭《いと》うて、妾《わらわ》の裁きを受けようとなさっておられるのじゃ』

勝ち誇ってもよい状況であるにもかかわらず、その声に喜びは感じられなかった。

井上内親王《ないしんのう》自身、これで恨みが晴らせるとは思っていないのかもしれない。

何かが違う……宮はそう感じたけれど、何がどう違うのか、その正体が掴《つか》めない。

「……井上内親王、そなたが被害者であったとしても、誰かを裁く権利などない」

井上内親王の怨霊は、もはや国を護る皇后としての自覚も誇りも忘れてしまったのだろうか。

結界を解けば、光明皇后は毒に倒れる。

そうなれば歴史が歪《ゆが》んで、どんな惨事が引き起こされるか……。

宮ひとりでは、今は光明皇后《こうごう》を毒の瘴気《しょうき》から護《まも》るだけで手一杯だった。

だが、それでは埒《らち》が明かない。

時空の歪みのせいで、躰《からだ》は痛く苦しく、消耗が激しい。怨霊《おんりょう》との根比べで膠着《こうちゃく》状態が続けば、間違いなく宮の体力が先に尽きる。

（この毒を、浄化できれば……）

宮の脳裏に、一瞬、義明の姿が浮かんだけれど。

（いや……今の殿には、この世のものならぬモノと闘うことなどできぬ）

そう考え、絶望とも感傷ともとれる思いにとらわれかけたとき――。

廂《ひさし》へ通じる御簾《みす》が、外からの衝撃に弾《はじ》け飛《と》んだ。

粉砕された御簾の青竹が室内に飛び散り、汗衫《かざみ》の袖《そで》で貌《かお》を覆った宮の視界の端に、水《すい》龍《りゅう》の姿が見えた。水曜星が、怨霊の結界《けっかい》を外からぶち破ってくれたのだ。

だが、時空の歪みに耐えられなかったのか、やはり水曜星の水龍も先刻の計都星の豹尾《ひょうび》神《しん》同様、すぐに玻璃《はり》の珠《たま》に戻って床に転がった。そして。

「み……宮様っ⁉」

「…………」

続いて、結界の裂け目に体軀《からだ》を押し込むようにして現れたのは、濡《ぬ》れた狩衣《かりぎぬ》姿の義明だった。

「宮様……大丈夫ですか？」

「……来るな、愚か者っ。大丈夫でないのは、そなたのほうじゃ！」

式神《しきがみ》たちでさえ本来の姿を保ってはいられないほどの、時空の歪《ゆが》み。いくら頑丈な体軀でも、ヒトで、しかも病み上がりの義明が無事でいられる場所ではない。

しかし、義明は引き返そうとはしなかった。

見えない何かに抗《あらが》うように手で空気を掻《か》きながら、こちらへと足を踏み出す。

宮の目には、義明の体軀がグニャリと歪み、奇妙に伸びて、あるいは縮んで、今にも胸や腹から引きちぎられてしまいそうに見えた。

「殿っ……引き返せっ！」

「……なんなんです、この部屋は……？」

義明はわずかに貌《かお》を歪め、愚痴のような口調で訊《き》いた。

ただの暗い部屋にしか見えなかったのに――床の近くがより黒く見えて、不可解ではあったが――前へ進もうとしても、何もないのに邪魔されて思うように動けない。

それでも義明にしてみれば、目の前には珍しい装束の女人《にょにん》を庇《かば》うように腕をまわした宮がいて、少し離れて白い装束の少女が見えているのだ。このようにか弱い女たちがいる部屋が、大の男の義明にとって「大丈夫でない」と言われても、納得して引き下がることなどできなかった。前に進むことの困難は身に沁《し》みていて、これが普通でないことは理解できたが、宮がその渦中《かちゅう》にいる以上、自分だけ安全な場所に逃げようとは思わない。

ただ、ひどく気分が悪い。

全身がだるく感じられ、気が散る。

時空が歪《ゆが》んでいるせいで自身の体躯《からだ》も歪んでいる、という自覚はなかった。

「殿、毒の瘴気《しょうき》じゃ、吸うてはならぬっ」

「……でしたら、宮様だって……」

宮の周囲だけが淡く光って見えるのは、義明に宮の結界《けっかい》が見えているからだったが、それが結界であることまではわからない。

まるで悪い物を食べてしまったときのように胸がムカつき、義明は無意識のうちに太刀《たち》を抜いていた。

「……殿……？」

何もない空間を、ゆっくりと薙《な》ぎ払《はら》う。

それだけで、瘴気が薄れてゆくのが目に見えてわかった。

記憶はなくしていても、義明の浄化の〈気〉は健在だったのだ。

瘴気が充分に薄れるのを待って、宮は己の結界を解いた。

光明皇后《こうごう》の手を取り、彰子に戻るよう念じる。

「あるべき時へ、還《かえ》られよ……」

『おのれ、この童《わらわ》っ！』

「よせっ」

白装束の怨霊《おんりょう》が宮に襲いかかるのを、義明はその肩を摑《つか》んで止めようとした。

そのとき、義明の手は怨霊の肩を素通りしてしまい摑めなかったのだが、怨霊は義明を避けるように跳《と》び退《の》いた。かつての斎宮《いつきのみや》であり皇后であった者の霊でも、怨霊の邪気が義明の浄化の〈気〉を本能的に拒絶してしまうのだろう。

怨霊が義明を振り返る。

『……そのほう……徒人《ただびと》ではないな……？』

「井上内親王《ないしんのう》、その者は関係ないっ」

「井上…内親王……？」

宮の叫びに、義明はあらためて白装束の少女に視線を移した。

井上内親王はその昔非業《ひごう》の死を遂げた皇女《ひめみこ》だと、重家から聞かされていた。

では、この少女はナマ身のヒトではないのか。

今の姿は当子内親王のものなのだが、どちらにも会ったことのない義明にわかろうはずもない。

『邪魔をするのであれば、何者であろうと赦《ゆる》さぬ』

怨霊の咆哮《ほうこう》とともに、低い天井を走った稲妻《いなずま》が義明に向かってくる。

「…………っ！」

「殿っ……！」

義明はとっさに、太刀《たち》で稲妻を斬《き》り払《はら》っていた。

もっとも危険な行為だ。それでは刃《やいば》に落雷し、義明も生命《いのち》を落としかねない。

だが、稲妻は斬り裂かれ、二本の鋭利な光の刃となって怨霊《おんりょう》へと返った。そして、怨霊に命中したかに見えたのだが……光は吸い込まれるように消えてしまった。

『これは妾《わらわ》が作りし雷光、妾を傷つけることはない』

不敵に言い放ちながらも、怨霊が苛立《いらだ》っているのは、義明にさえわかった。

次々と邪魔者が現れることに耐えきれなくなったのだろう。

『……妾が盛られたのと同じ毒で、同じ苦しみを思い知らせて死なせるつもりであったが……』

もはや手段を選んではいられないとばかりに、天井から光の刃が降り注ぐ。

それは、まるで雷光を細かく切り刻んだかのような刃だった。

宮は結界《けっかい》を張って光明皇后《こうごう》を護《まも》ろうとしたが、急なことで自分のことが後まわしになってしまった。

「宮様っ！」

光の刃の雨をかいくぐり、義明は宮に駆け寄った。

降りかかる光の刃《やいば》のほとんどは太刀《たち》と袖《そで》を振って弾《はじ》き飛《と》ばしたが、宮を庇《かば》うその瞬間に隙《すき》ができ、幾つかの刃が肩と背中に突き刺さった。

「殿っ」

「俺は平気です」

苦痛に一瞬だけ貌《かお》を歪《ゆが》めた義明だが、言葉どおり傷は浅く、突き刺さった光の刃もまもなく浄化されて消えてしまった。裂けた狩衣《かりぎぬ》に血が滲《にじ》んでいたが、いずれも自然に止血できる程度の傷だ。

宮は義明が入る大きさにまで結界《けっかい》を広げ、責める口調で言う。

「何ゆえ、ここへ？　屋敷におればよかったものを……」

「妻が危ない目に遭っているかもしれないと知ったら、たとえ自分が力不足だとわかっていても助けに来るでしょう。じっとお帰りを待つなんて、できるわけがない」

正直な気持ちのまま言ってしまったあとで、義明は気まずげに付け加える。

「……以前の俺は……そうじゃなかったのかもしれませんが……」

「………………」

宮は言葉をなくし、義明を見つめた。

同じだ。

記憶をなくしていても、義明は義明。中身が変わってしまったわけではなかったのだ。

当たり前のことなのに……どうして、気がつかなかったのだろう。

そのとき、

『……帝《みかど》は、妾《わらわ》を救おうとしてはくださらなかった……』

哀《かな》しげに震える声に、宮と義明は、ハッとして振り返った。

光の刃《やいば》は、もう降り注いではいなかった。

白装束の当子内親王《ないしんのう》の背後に、うつむいて髪を振り乱した女の姿が見えた。

井上内親王の怨霊《おんりよう》が、当子内親王の生霊と分離しかけているのだ。

(今なら……)

宮の判断は速かった。

ひとり結界《けっかい》を飛び出して、当子内親王の生霊を抱えるように左腕をまわし、右手で破魔の光を怨霊に向けて放つ。

だが、接近しすぎたのが仇《あだ》になったか。破魔の光は怨霊の左肩に当たり、肩から下を吹き飛ばして霧散させたが、それだけだった。

『おのれ、よくも……』

残った右半身が宮に襲いかかり、節くれ立った長い指が宮の頭《こうべ》をがっしりと摑《つか》んだ。

「……っ！」

「宮様っ」

義明は躊躇《ちゆうちよ》なく駆け寄り、怨霊《おんりよう》の右手を斬《き》り落《お》とした。

肘《ひじ》から切断された手は、なお宮の頭に食い込んでいた。

貴婦人の手には見えない、まるで鬼の手だ。

硬そうな指先の爪《つめ》は長く伸び、それが醜くひび割れたり折れ曲がったりしている。

それは、井上皇后《こうごう》が死の間際《まぎわ》、幽閉生活で満足に身のまわりの世話をしてもらうこともないまま、閉ざされた木戸をひっかき壁に爪を立てた、その名残であることなど、宮にも義明にもわからなかった。

義明は太刀《たち》を捨て、両手でその手を宮から引きはがした。

手は義明の〈気〉を厭《いと》いながらも手当たり次第に摑みかかって、今度は義明の腕を摑んで爪を立てた。

「殿っ！」

「俺は大丈夫」

『おのれ……』

怨霊が、残った口で宮に喰《く》らいつこうとする。

太刀を拾っていたのでは間に合わない。

義明は体軀《からだ》ごと宮と怨霊のあいだに割り込み、己の肘を怨霊の口に向けた。

硬いものがぶつかりあう衝撃があり、狩衣《かりぎぬ》の袖《そで》が裂けて血飛沫《ちしぶき》が散ったが、骨が砕かれるほどの力ではなかった。

怨霊《おんりょう》の口が肘《ひじ》から離れると、義明は宮を背に庇《かば》うように立って怨霊と向き合った。

白妙《しろたえ》の斎《いつきのみこ》王姿の怨霊は、左半身を失い、右腕も肘から下はなかったが、まだしっかりとした存在感をもってそこにいた。

だが、すぐにまた襲いかかってくるようすはない。

『……何ゆえ、庇う？』

宮に対する言葉だったのか、義明に対する問いだったのか。

『帝《みかど》は……妾《わらわ》を救ってはくださらなかったのに……』

それは、さっきも聞いた言葉だ。

声に、哀《かな》しみが滲《にじ》んでいて……義明は太刀《たち》を拾うことも忘れて立ち尽くした。

怨霊がゆらりと揺れて、言葉を続ける。

『……妾ばかりか、実の子の他戸《おさべ》まで見殺しになさった……』

「今上《うえ》が……？」

「そうではない、光仁帝《こうにんてい》のことであろう」

義明の勘違いを、宮が即座に訂正した。

光仁帝と井上皇后《こうごう》の蜜月《みつげつ》は、光仁帝即位の直後に崩れ去っていた。

壬申《じんしん》の乱《らん》よりずっと日陰の存在であった光仁帝は、先帝の身内の井上内親王《ないしんのう》が妻であるからという理由での即位に、少なからず自尊心を傷つけられていた。

妻は、聖武帝の皇女《ひめみこ》にして、先帝・称徳帝《しょうとくてい》の異母姉《あね》。しかも、結婚前には天照大神《アマテラスオオミカミ》に仕えていた巫女《かんなぎ》なのだ。

誇り高い皇后《こうごう》は濃《こま》やかに帝《みかど》を補佐し、伊勢の神の神託を告げ、己の権威で夫を引き立てようとした。それを帝が疎《うと》ましく感じていることに、気づかないまま……。

『妾《わらわ》が帝を呪《のろ》うことなどあろうはずもないのに、妾より、奸臣《かんしん》どもの讒言《ざんげん》をお信じになられて……』

あのときの失望と哀《かな》しみ、情けなさが、胸に込み上げる。

ああ、そうだ。

帝位をめぐって伊勢へ追いやられたことも、弟を殺されてしまったことも、哀しく口惜しいけれど、皇族として生まれた身の不幸とあきらめる気持ちがどこかにあった。謀反人《むほんにん》として幽閉されたあげくに毒を盛られ、あの断末魔の苦しみに、この世のすべてを恨んで呪ったが、死の苦しみが自分だけのものでないことも知っていた。

ただ……死してなお魂の疵《きず》として残ったのは、尽くしたつもりの夫に信じてもらえなかった、そのことだった。奸臣たちの言いなりになった夫が、情けなかった。そう仕向けた藤原の者たちが、赦《ゆる》せなかった。

光明皇后を殺したかったわけではない。

己を陥《おとしい》れた者たちも、とうの昔に亡《な》くなっている。

行き場のない哀《かな》しみを持て余し、憎しみを正当化して、誰かに、どこかに、ぶつけたかったたけ。

藤原氏の権勢をなかったこととし、その血を引く帝《みかど》まで殺してしまおうなどと、本気で望んでいたわけではなかったのだ。

復讐《ふくしゅう》は虚《むな》しいだけ……知っていたのに、忘れていた。

どこからか、浄《きよ》らかな声が漏れ聞こえていた。

宵の加持僧《かじそう》の誦経《ずきょう》なのか。

結界《けっかい》の裂け目から、歪《ゆが》んだ時空をうねって聞こえてくるようだ。

やがて、宮が、それが真言《マントラ》らしいと気づいたのとほぼ同時に、

「え……？」

義明の左手に、五色の羂索《けんさく》が握られていた。

不動明王《ふどうみょうおう》の羂索だ。

突然のことに気味悪そうに左手を見つめる義明には、自分が不動明王の加護を受けた身だという記憶もないのだろう。

からだ。

降魔《ごうま》の剣《つるぎ》ではなく五色の羂索が現れたのは、義明が井上内親王《ないしんのう》の魂を救いたいと願った

宮は義明の左手に両手を添え、羂索《けんさく》を井上内親王の怨霊《おんりょう》に向ける。

仏にすがるのは〈神の子〉としては不本意であったが、義明の代わりなのだから仕方ないと己に言い訳し、不動明王の真言《マントラ》を唱える。

「ナウマク　サマンダバザラダン　センダマカロシャダ　ソワタヤ　ウン　タラタ　カンマン――」

五色の索条《さくじょう》が長く伸び、当子内親王の手に巻きついたかに見えた。

だが、その索条がふわりと中空に舞うと、それに引かれて浮き上がったのは井上内親王の怨霊だった。当子内親王の生霊はその場に取り残され、ただ呆然《ぼうぜん》と、己から分離した怨霊を見上げている。

「井上内親王……怒りと哀《かな》しみゆえに、長きに亘《わた》って現世《うつしよ》にとどまってしまったのであろうが、ここにはもうそなたを慰めるものはない。今度こそ、冥府《めいふ》へ逝《い》かれよ」

怨霊は、手に巻きつく索条を振り払おうとはしなかった。

ただ口許《くちもと》に哀しい笑みを張りつかせ、こちらを見下ろしている。

いまさら冥府へ向かっても、愛《いと》しい者たちの魂はすでに転生したあとであろうし、穢《けが》れ

て疵《きず》ついた井上内親王の魂には、もはや輪廻《りんね》の輪に戻る力など残っていないのだが。

怨霊の姿が、淡い光の粒子に包まれる。

『…………』

最期《さいご》に、何か言ったのだろうか。

井上内親王《ないしんのう》の唇がわずかに動いたが、ついに声は聞こえなかった。

姿も、全身を包む光に紛れるように薄くなり、やがて消えた。

だが、ホッとするのはまだ早かった。

宮と義明の傍《かたわ》らで、光明皇后《こうごう》の姿がグニャリと歪《ゆが》んだかと思うと、全身を捻《ねじ》られ押《お》し潰《つぶ》されるような感覚に襲われた。

過去に巻き戻された時空が、急激に元に戻ろうとしているのだ。

そう理解している宮でさえ、目眩《めまい》と圧迫感に息もできない。

先刻、巻き戻されたときとは、比べ物にならない速度なのだろう。目も開けられず、何かにしがみついていないと、どこかへ吹き飛ばされてしまいそうだった。

それは、おそらく一瞬のことだったのだけれど、苦痛にさらされる身にはとても長く感じられた。

ようやく宮が目を開けたのは、目眩と息苦しさから解放されてしばらくしてからのことだった。

苦しかった呼吸が普通にできるようになり、ゆっくりと五感が戻ってくる。

真っ先に感じたのは、ヒトの温《ぬく》もり。

自分が誰かにしがみついているのがわかった。

というより、体躯《からだ》の大きな何者かに抱きかかえられているのだ。

「……と、殿……」

「えっ……ああ、宮様。ご無事でしたか？」

義明は宮を庇《かば》うように両手で胸に抱きかかえたまま、心配そうに言った。

すぐ側《そば》では、倒れ伏していた彰子が乱れた黒髪を梳《す》くように片手を差し入れながら、上体を起こしたところだった。

さすがに疲れた表情《かお》をしているが、怪我《けが》などはないようだ。

彰子と視線が合い……宮は、いまだ義明に抱き支えられたままだったことが恥ずかしくて、義明を突き飛ばすようにして離れた。

義明はといえば、

「あ……ああ、すみません。まだ狩衣《かりぎぬ》が濡《ぬ》れてましたね、冷たかったですか？」

そんな見当違いな謝罪をして、それから彰子の御前《おまえ》であることに気づいて、慌てて床に平伏《ひれふ》した。

部屋には、そんな三人を見下ろすようにして、当子内親王《ないしんのう》の生霊《いきりょう》が所在なさそうに立ち尽くしていた。

まるで傍観者のようにこれまでの経緯《ゆくたて》を見てきたけれど、まだ若い皇女《ひめみこ》には、己がこれからどうすればいいのか見当もつかず、困惑しているのだろう。

宮が語りかける。

「そなたの身体《からだ》は、野宮《ののみや》じゃ。おひとりで戻れるか？」

皇女の生霊は、頼りなくうなずいた。

彰子がそんな皇女に膝行《しっこう》し、母か姉のような口調で言う。

「斎 宮様《いつきのみや》……伊勢は遠くてご不安に思われることもございましょうが、貴いお役目です。お父上の御代《みよ》のために、どうぞまっとうなさいませ。都のことは、非力ながらこの皇《こう》太后《たいごう》も見守っております。後ろ安く思《おぼ》し召《め》されませ」

今度は深くうなずき、皇女の生霊はまるで蠟燭《ろうそく》の炎が消えるように、スウッと姿を消した。

続いて、床に落ちていた玻璃《はり》の珠《たま》がふたつ、光の珠になって部屋から出ていった。

ひとつは、おそらく水曜星が、当子内親王の生霊が無事に身体《からだ》に戻るのを見届けるために追っていったのだろう。

それを見送るように視線で追い、彰子はそれから深い吐息を漏らした。

「お疲れであろう。災難であられたな」

宮の労《ねぎら》いに、彰子は首を横に振って言う。

「……すべては、私どもの一族が蒔《ま》いた種。報いを甘んじて受けることはできても、償うことは……難しいのでしょうね」

他氏を排斥し、次には同族同士で争っている。

井上内親王《ないしんのう》の悲惨な生涯など、氷山の一角だ。藤原氏がここまで大きくなった陰には、その犠牲になって苦しみ、生命《いのち》さえ奪われた者たちが数知れずいるのだ。

「因果なものじゃな」

宮は、嫌みではなく心から、そう言った。

なにも藤原氏だけが、抜きんでて謀略好きだというわけではないだろう。権勢の座にある者は恨まれ妬《ねた》まれ、欲望と猜疑心《さいぎしん》から他の者たちを排斥する。

ヒトの歴史は、そんな争いの繰り返しなのかもしれない。

ややあって、さっき水曜星と一緒に出ていった計都星に導かれたのだろう、随身所《ずいじんどころ》に避難していた貴子が廂の間《ひさしのま》に駆けてきた。

「皇太后様《こうたいごう》、ご無事で……」

「怨霊《おんりょう》は成仏《じょうぶつ》したが、皇太后は疲れておいでじゃ。休ませて差し上げるがよい」

貴子にそう言い置いて、宮は義明をともなって帰ろうとする。

徒人《ただびと》にも危険が去ったことは勘のようなものでわかるのだろうか、逃げていた女房《にょうぼう》たちが少しずつ寝所《しんじょ》付近に戻ってきているようだった。

姿を見られてはいろいろと面倒なので、宮は周囲の者たちには宮と義明の姿が見えないように暗示をかけ、廂に出た。

妻戸《つまど》に向かう途中でふと隣室を振り返ると、小さな祭壇の組まれたその狭い部屋で、僧《そう》侶《りょ》の重家が誦経《ずきょう》を続けていた。頭に白い布が巻かれているのは、怨霊に襲われた際に負傷してしまったからなのだろう。

その後ろでは、経も読めない義時がただ一心に合掌した手を擦《こす》り合《あ》わせていた。

（今宵《こよい》の加持僧《かじそう》は、光少将《ひかるしょうしょう》殿であったか。あのとき、光少将殿が不動明王《ふどうみょうおう》の真言《マントラ》を唱えてくれなければ、もっとてこずっていたのであろうな……）

宮は、帰る前にひと言礼を言っておきたいとも思ったが、誦経の邪魔をする気にはなれず、礼を言う機会ならまたあるだろうと素通りした。

簀子《すのこ》に出ると、宮は義明を振り返って尋ねる。

「殿、水龍《すいりゅう》でここに連れてこられたのなら、風神《ふうじん》も平気であろう？」

「は……？」

何のことだかわからないでいるうちに、宮が義明の腕に腕を絡《から》ませた。

こんなふうに接近してもらえることに少し驚き単純に喜んだ義明だったが、

「Φ《カ》——！」

宮が澄んだ声で風神を呼ぶと同時に、足が床から離れ、

「……っ！」

義明は情けない悲鳴を上げそうになるのを、歯を食いしばってかろうじてこらえた。


ふたりが二条《にじょう》の屋敷に帰り着いたのは、まだ夜明け前であったが、なぜか女房《にょうぼう》たちが数名起きていて、妻戸《つまど》を開けて主《あるじ》らの帰りを待ちわびていた。

以前はともかく、義明が記憶をなくしてからというものこのように深夜に出歩くことはなかったので、心配してのことなのだろうか。

ふたりが東の対屋《たいのや》の簀子《すのこ》に降り立つと、目ざとく見つけた年配の女房が駆けてきて、声をひそめて訴える。

「お、お客様が、もうずっとお待ちでございます」

「客？」

こんな時間に訪ねてくる客など、心当たりはなかった。

宮が尋ねる。

「何者じゃ？」

「それが……中関白《なかのかんぱく》家の中納言《ちゅうなごん》様で……」

「隆家《たかいえ》殿が？」

宮は思わず眉《まゆ》をひそめた。

中納言隆家がこの二条の屋敷を訪ねるのは、はじめてのことだった。

そのはじめての訪問がこんな時刻であるのは、どう考えても尋常ではない。

こんなときに限って宮も義明も留守だったのだ、女房《にょうぼう》たちがどうもてなすべきかと困惑するのも無理はなかった。

（先刻の、野宮《ののみや》でのことについてか？）

（いや、だがそれならば、南院《みなみのいん》の香久夜を訪ねるのではなかろうか？）

考えても仕方がない。

「寝殿《しんでん》で待たせてあるのだな？」

「はい」

「殿、私は着替えてからまいる。先にご挨拶《あいさつ》を」

面倒なことでなければよいのだがと案じつつ、宮は義明を先に行かせた。

寝殿の南廂《みなみびさし》に来客用の畳が置かれ、隆家はその上に胡座《あぐら》をかいてうつむいていた。

着馴《きな》れた直衣《のうし》はあちらこちらがわずかに乱れ、指貫《さしぬき》には乾いた泥と枯れ草がついているのが見える。烏帽子《えぼし》の下には、右目を覆うように布が巻かれ、乱れてほつれた髪がふた筋、その布にかかっていた。

（これが、中納言《ちゅうなごん》殿……）

記憶をなくしてからは、はじめて会う相手だ。服装になど頓着《とんちゃく》しない義明が見てさえ上物とわかる直衣をまとい、いかにも高貴な公卿《くぎょう》という風情《ふぜい》なのだが、それにしては、この服装の乱れはどうしたことだろう。

隆家は、待ちくたびれて居眠りしてしまっていたのだろう。母屋《おもや》ではなく廂《ひさし》の下座に座った義明の気配に気づくと、逞《たくま》しい肩をピクリと震わせて頭《こうべ》を起こした。

「大変お待たせし、申し訳ありません」

「いや……かような夜更《よふ》けに勝手に訪ねてまいったのだ。すまぬな、権頭《ごんのとう》」

「ずいぶんお疲れのように、お見受けしますが……」

気遣った義明に、隆家は返事をしなかった。

道雅《みちまさ》を野宮《ののみや》から二条第《にじょうだい》に連れ戻し、その足でここを訪ねたのだ。自分が疲れていることくらいわかっている。だからこそ、身体《からだ》の疲労は仕方がないが、せめて頭を疲れさせている疑問を少しでも解決できればと思い、じっと待っていたのだ。

隆家は、厳《いか》めしい表情で言う。

「……私は、さっき野宮から戻ってきたところなのだ」

「え……？」

唐突な言葉に、義明は何のことかわからずに隆家を見た。

宮ならば水曜星から報告を受けていることでも、義明は何も知らされていないのだ。

だが、隆家はかまわず続ける。

「怪しき怨霊《おんりょう》が斎宮《いつきのみや》様らを襲ったとき、我らを救ってくれたのは……昨年、そのほうらが二条第で使役《しえき》してみせた水龍《すいりゅう》であった。これは、どういうことだ？」

尋ねられても困る。

昨年の秋、火龍《かりゅう》の宝珠《たま》が二条第の家宝になっていたため、結果的に道雅が火龍に襲われるという事件が起きた。それを救ったのは宮と義明だったが、あのときの闘いが原因で義明は記憶を失ってしまったのだ。龍のことも宝珠のことも、何も覚えていない。

そもそも、水龍を使役しているのは宮であって義明ではない。

先刻、皇太后宮《こうたいごうぐう》へ向かう際に水龍を見ていなければ、義明は隆家の正気を疑っていたかもしれない。

とはいえ、事情を知らない隆家が、今度のことにも義明が関《かか》わっているに違いないと考えるのも、無理はなかった。

「それで、水龍の何をお尋ねになりたいのじゃ？」

突然、御簾《みす》の奥から声がした。

いつのまにか、宮が母屋《おもや》に来ていたらしい。

隆家は、隻眼《せきがん》を御簾に向けて言う。

「……女宮様か？」

「挨拶《あいさつ》もせずに失礼いたした。時が惜しい、話を戻そう」

促され、隆家は頭を整理して順を追って尋ねようとしたが、甥《おい》の道雅が野宮《ののみや》に忍び込んだことを告げるのはためらわれ、どうにも歯切れが悪くなる。

「私が……とある事情があって野宮へ参ったところ、斎宮《いつきのみや》様が怨霊《おんりょう》らしきモノに襲われておられたのだ。そこへ水龍《すいりゅう》が現れて……あれは、権頭《ごんのとう》が差し向けたモノなのであろうか。だとしたら、どうして……？　いや、それ以前に、我らが野宮へ行くよう仕向けたのも……？」

隆家には、道雅が野宮に忍び込んだ理由がわからなかった。あの素直で真面目《まじめ》な甥《おい》が、自らの意思で禁を犯すとは思えない。誰かに唆《そそのか》されての行為に違いないのだ。

宮は、突き放した口調で言う。

「たしかに、水龍を差し向けたのは私じゃ。斎宮のようすが気になったので見守らせておっただけなのじゃが、それでそなたらを救えたのなら、運がよかった。だが……何ゆえ道雅殿が野宮へ忍び込もうなどと思うたのか、そのようなことまでは知らぬな。おおかた、〈月の姫〉あたりに、何かよからぬ企《たくら》みを吹き込まれたのであろう」

隆家は一瞬、道雅が野宮に侵入したことを見透かされて動揺したが、〈月の姫〉という言葉に、敏感に反応して宮を見た。

あのとき、怨霊と対峙《たいじ》していた若い女――あれはたしか南院の、香久夜と名乗る女房《にょうぼう》だった――を、怨霊は「月のモノ」と呼んでいた。

あれは、並外れて美しいという以上に、妖《あや》しい女だ。だとすれば……。

「あの女が……？　では、あの女は、道雅に何をさせるつもりだったのだ……？

「言わずと知れたこと。〈月の姫〉としては、神の御杖代《みつえしろ》が伊勢へ行くのを阻止したかったのであろう。誰かが野宮《ののみや》に忍び込んで騒ぎにでもなれば、それだけで、斎宮《いつきのみや》が穢《けが》れたと考える者もおる」

「それならば、なにも道雅でなくてもよいことではないか!?」

道雅は関係のない女に利用され、あげく怨霊《おんりょう》に襲われて危うく生命《いのち》を落としかけたというのか。隆家は憤《いきどお》りに声をあらげ……直後、怒る相手が違うことに気づき、気まずげに視線を落とした。

宮が水曜星から受けた報告によれば、香久夜にとっても井上内親王《ないしんのう》の怨霊は邪魔なだけの存在だったようだ。だとすれば、野宮での騒動は、藤原の血を引く道雅らを怨霊に襲わせようと意図してのことではなかった。

それでも、香久夜がわざわざ道雅を選んだのは……。

「中関白家《なかのかんぱく》には利用価値がある……そう思われておるのやもしれぬな」

宮の言葉に、隆家は眉《まゆ》をひそめて御簾《みす》を睨《にら》んだ。

その「中関白家」という呼び方がすでに侮辱的であるばかりではなく、まるで安っぽい使い捨ての駒《こま》のように「利用価値」と言われたことに、腹が立つ。

「私や道雅が、どう利用されると……?」

「本音か建て前かは知らぬが、あやつは藤原氏が閨閥《けいばつ》によって皇室を抱え込んでおることが不満らしいのじゃ。だが……今となっては道長めの勢いを止めることができるのは、二条第か、閑院《かんいん》か……いずれも藤原氏で、しかも力不足は否《いな》めぬが、それくらいしかおらぬからな」

そう言い放ったあと、宮は言うべきか否か迷い、やはり隆家には知らせておくべきだろうと思い口を開く。

「あやつが今、琴姫《ことひめ》付きの女房《にょうぼう》として南院におることは、ご存じか?」

「あ……ああ。南院の女房だと名乗っていた」

「あやつの狙《ねら》いは、敦康親王《あつやすしんのう》……というか、琴姫に成り代わって敦康親王の子を産み、その子を即位させる腹積もりらしい」

隆家は隻眼《せきがん》を見開いて、御簾《みす》の奥の宮を見た。

言われた意味を、すぐには呑み込めない。

「……帥宮《そちのみや》様の御子《おこ》を……帝《みかど》に……?」

「あやつは〈月の姫〉。我が子を帝に立てることで、現世《うつしよ》の天子を天照大神《アマテラスオオミカミ》の系譜から月読《ツクヨミノミコト》霊の系譜へ移行させようなどと、大それた野望を抱《いだ》いておるのやもしれぬ。そのために、そなたらを利用するつもりでおるのじゃ」

「………………」

「……敦康親王《しんのう》の御《おん》ためにはならぬゆえ、私はそれを許さぬが……そなたたちにとっては、悪いことではないやもしれぬぞ」

宮は口の端に皮肉の笑みをたたえ、唆《そそのか》すような言い方をした。

目的のために、香久夜はまず敦康親王を即位させようとするはずだ。その即位は、隆家たちの悲願でもあったのだ。香久夜の真の目的がどうであれ、隆家の立場なら、とりあえず手を組んで損はない。

その結果、この国の皇室が夜の世界のモノたちに乗っ取られる危険を招くことになろうとも……ヒトは目先の欲に動くもの、そのために大局がどうなろうと都合の悪いことは見ないフリをしてしまう者も多い。だが。

隆家は隻眼《せきがん》を細めてしばし悩み、心を決めて静かに言う。

「……私は、大宰府《だざいふ》へ参ろうと思う」

「大宰府へ……？」

「昨年の怪我《けが》以来、眼《まなこ》が不自由なせいか、我ながら心まで弱っているように感じておったところだ。このまま都にとどまっておれば、いつか甘い誘いに惑わされて利用される愚か者に成り下がるやもしれぬ」

それくらいなら、利用される心配もないほど遠い大宰府へ行ったほうがいい。首尾よく目が治って都に戻れば、もう妖《あや》しい女の企《たくら》みに騙《だま》されて利用されたりはしないという自負が、隆家にはあった。

良家に生まれ育った者にしては潔《いさぎよ》すぎるほどの、大胆な決断であった。

宮はその潔さに珍しく感心しながらも、尋ねずにはいられない。

「……道雅殿はどうなさる？」

「あれは、まだ若いうえ、位階も低い。どのように誑《たぶら》かされたところで、ほかの公卿《くぎょう》たちが道雅を帥《そちの》宮《みや》様の後見とは認めまい」

そう言い切りながら、隆家はまだ心残りがあるらしく何か考え込んだあと、会話から置き去りにされていた義明に向き直って言う。

「権頭《ごんのとう》、そのほうは帥宮様の信頼も厚いと聞くが……」

急に振られ、義明はとまどいながらも口を開く。

「ご信頼と言えるほどかどうかはわかりませんが、そのうち武芸のお稽古《けいこ》をご一緒にと言っていただける程度には親しくさせていただいております」

「そうか。私は……私の留守中、道雅では充分な後見もできまいと思うと、帥宮様にご不自由をおかけすることになるのではないかと、それだけが気がかりなのだ。あのように妖《あや》しい女がお側《そば》にいるとなれば、なおのこと……」

「ご案じ召されるな。敦康親王《しんのう》のことは、我らも心にかけておる。〈月の姫〉の好き勝手にはさせせぬ」

「お頼み申す」

隆家は宮の返事にうなずくと、両手をついて深々と頭《こうべ》を下げた。

義明は少し慌てたが、この礼を受けることで隆家が安心できるのならばと、敢《あ》えて止めずに返答する。

「私ごときでは中納言《ちゅうなごん》殿の代わりは務まりますまいが、できる限りのことはいたしますゆえ、どうぞ治療に専念なさってくださいい」

「その言葉、しかと胸に刻んだぞ」

「はい」

義明の返事に満足したのだろう、隆家は深夜の訪問を詫《わ》びて帰っていった。

六　行く方

この年の九月二十日、当子内親王《とうしないしんのう》は斎宮《いつきのみや》として伊勢《いせ》に旅立った。

道雅《みちまさ》らが野宮《ののみや》に忍び込み、斎宮自身も生霊《いきりょう》と化して皇太后彰子《こうたいごうしょうし》を襲った晩のことは、結局、人々の知るところとはならなかった。

野宮の女官たちにしてみれば、怪しい騒動があったことは確かだが、実際に侵入者を見た者はなかった。女官たちが駆けつけたとき、斎宮の寝所《しんじょ》は乱れ、当の斎宮は御帳台《みちょうだい》の内に倒れ伏していたけれど、やがて正気に返った斎宮の口から聞けたのは不可思議な夢としか思えないような話ばかりだったのだ。それを敢《あ》えて上に報告しては、自分たちの管理不行き届きが責められてしまう。そんな保身の思いが働いたのかもしれない。

伊勢への群行《ぐんこう》当日、輿《こし》に乗って野宮を出た斎宮は桂川《かつらがわ》で禊《みそぎ》を行い、帝《みかど》や公卿《くぎょう》たちの待つ大内裏《だいだいり》へと向かった。

いよいよ都を離れるのだと思うと、とっくに覚悟を決めていたつもりでも、母をはじめとする親しい人々への人恋しさに小さな胸が痛んだ。けれど。

あの夢とも現《うつつ》ともつかなかった晩、会ったこともないはずの皇太后《こうたいごう》彰子から言われた言葉が、斎宮《いつきのみや》の胸に残っていた。

斎宮であることは、父帝《ちちみかど》の御代《みよ》を護《まも》る大切な役目。それを全うしたいという気持ちが、今は寂しさより勝っている。

斎宮が大内裏《だいだいり》に到着すると、帝は高御座《たかみくら》から平座《ひらざ》に下りた。

儀式用の衣をまとった父帝の姿がいつもと違って見え、生きて再び会えることはないのかもしれないという思いに、斎宮の心は揺れた。

斎宮が御前《おまえ》に招かれると、帝は漆塗りに美しい蒔絵《まきえ》の施された櫛箱《くしばこ》から「別《わか》れの御櫛《みぐし》」と呼ばれる二寸ほどの黄楊櫛《つげのくし》を取り出して、斎宮の額にさしながら、

「都のほうに赴き給《たも》うな」

と、決まりの言葉を告げた。

あとはお互い振り返らず、斎宮は大内裏を出て群行《ぐんこう》につき、帝は内裏へと戻ることになっていた。

だが、その一瞬、帝は斎宮を振り返った。

眼病の不安を抱えた帝は、もう二度と見ることの叶《かな》わなくなるかもしれない愛娘《まなむすめ》の姿を、今一度眼《まなこ》に焼きつけておきたいと思ってしまったのかもしれない。

それは儀礼に反する不吉な行いであったけれど、参列した公卿《くぎょう》たちは見て見ぬふりをし

た。ただ、誰もが心の奥底で、この帝《みかど》の御代《みよ》は長くないかもしれないと考えたが、それを口にする者はなかった。

藤原隆家《ふじわらのたかいえ》の大宰府《だざいふ》行きが認められたのは、それから二か月あまりのちのことだった。

中納言《ちゅうなごん》という立場を考慮して、大宰大弐《だざいのだいに》では受領《ずりょう》並みで相応《ふさわ》しくないということで大《だ》宰権帥《ざいのごんのそち》に任命され、出立は翌年の四月と決まった。

「中納言殿は、本当に大宰府へ行かれるおつもりなのですね」

二条《にじょう》の屋敷の寝殿《しんでん》で、義明《よしあきら》は珍しく酒の杯《つき》を傾けながら宮《みや》に言った。

澄み渡った夜空に、月が皓々《こうこう》と光をたたえる晩だった。

義明の記憶は失われたままだったが、この頃には体力はすっかりと言ってよいほど回復し、蔵人所《くろうどどころ》にも出仕するようになっていた。

「公卿にしておくのが惜しいほど、潔《いさぎよ》い男よのぅ。とても、あの伊周《これちか》の弟とは思えぬ」

宮は混ぜっ返すように言ったけれど。

これで、〈月の姫〉も当てが外れたことだろう。

そう思うと、今は隆家の潔い決断に感謝したい気持ちだった。

満ち足りた、穏やかな晩だ。

宮も義明も、そう感じていた。だが。

先に気配に気づいて振り返ったのは、宮だった。

遅れて気づいた義明が、先に立って簀子《すのこ》に出る。

「………」

寝殿《しんでん》前の庭に、香久夜《かくや》が月の光を浴びて立っていた。

義明に続いて部屋から出た宮は、蔀戸《しとみど》に手をかけて義明の背後で立ち止まった。

「私を……恨んでおいでですか？」

唐突に、香久夜が義明に尋ねた。

「何を恨むと……？」

「古巫女《ふるかんなぎ》の怨霊《おんりょう》が申しておりました。あのとき……夜の世界のモノである私が現世《うつしよ》にあったため、月の加護を受けた藤原氏の繁栄を招いてしまったのだと。私はあなた様の望みを叶《かな》えたかったのに……それが仇《あだ》になっていたなんて……」

それは義明ではなく、長屋王《ながやおう》に対する言葉だった。

義明は返事に困り、美しい〈月の姫〉をただ見下ろした。

恨んでなどいないと言ってやりたかったが、生まれ変わりの自覚がない義明には長屋王の気持ちはわからない。

だが、香久夜には返事などどうでもよかったのかもしれない。

義明に手を差し延べ、妖艶《ようえん》に微笑《ほほえ》んで訪問の目的を告げる。

「お迎えにあがりました。しょせん現世《うつしよ》では、私の願いは叶《かな》わぬものとあきらめます。その代わり、義明様、前世でのお約束どおり……私ひとりを選んでくださいませ」

「…………」

義明は、即座にうなずくことも、断ることもできなかった。

思わず宮を振り返ったが……宮はただ黒い双眸《そうぼう》を見開き、断れない義明を責めるように見つめるばかりだった。

あとがき

こんにちは、宮乃崎《みやのさき》桜子《さくらこ》です。

「斎姫繚乱《いつきひめりょうらん》」第五弾『怨呪白妙（おんじゅのしろたえ）』をお届けします。

このところ、宮《みや》と義明《よしあき》の時間は一冊で一年ほど経過してしまうスピーディーな進行なのですが、周囲の事情が変化するわりには、当人たちが変わらない……というか、むしろ後退してたりして。あれ……？

作者としては、ちょいと義明の育て方を間違ったかな〰〰（涙）。

私自身は、優しいフェミニストより、少し強引で信念のある男のほうが好きなつもりなんだけど、実際は優柔不断なフェミニストばかり選んでいるかも。もしかして、本当は、強引な男が苦手なのか……？　実生活ではいまさらな検証ですが（苦笑）。

さて、新年最初の本ですね。今年もよろしくお願い申し上げます。

いやいや、世間はもうとっくにお正月気分なんか抜けている頃。しかし、我が家の近所

には大きなお寺があって、毎年、一月末でも週末ともなれば初詣《もう》での人々で賑《にぎ》わってい
て、一月いっぱいずっとお正月。
寒いのは嫌いなんだけど、お正月の華やぎは、新鮮な気持ちになれるから好き。旧暦の
時代のお正月には、早春の新鮮さも加わって、めでたさもひとしおだったのだろうなぁ。
今はそうでないのが残念です。春の七草が出揃《でそろ》う前に七草粥《ななくさがゆ》を作んなくちゃならないし。
ところで、一年の計は元旦《がんたん》にありなどと申しますが。
私は今年の元日早々、義父の家の庭に大きな猫形の雪だるまを作り上げました。北国育
ちなので雪なんか珍しくなかったはずなんだけど、雪のお正月は久しぶりだったので、つ
い……。しかし、いいオトナのすることか？　という自覚はある。これが一年の計だとす
ると、私の今年一年って……と、ちょっと不安になりました。
あれ、でも、一年の計は元旦にありって、元旦が一年の総括だって意味じゃなくて、一
年の計画は新年早々に立てろってことだった？　今年の抱負ってやつだね。なんか勘違い
してたかも、私。ああ、安心した（笑）。
今年の抱負は……ちゃんとお仕事してコンスタントに本を出したいな、と。これ、新年
には毎年思っているんです。でも、実行できたためしが……あわわっ。
あはは、二月だというのに、正月ネタを引っぱってしまいました。じつは、ちょっと苦

手な話題を振ろうとしていて、つい現実逃避を……。

こういうシリーズを書いていて言うのもなんですが……霊の存在を信じているかと訊《き》かれれば、私は半信半疑だとしか言えません。なにせ「見えないヒト」なので、否定も肯定もできないのだ。いわゆる不思議体験も多少はあるけど、それらは偶然や勘違いでないとは言い切れないレベルだし。金縛りは、肉体が眠っているのに意識が起きてしまった生理現象だと思ってるし。

なのに、私の周囲には自称「見える」人々が、ただ霊感が強いだけの人から浄霊のプロまで、けっこういるのです。で、ときどき「憑《つ》いてる」と言われちゃうんだ。まあ、人間ン十年も生きていると、死霊や生霊、水子の霊から動物霊まで、何かしら心当たりがあるわけで、何が憑いていても不思議はないという気にはなる。ちなみに昨年は、生霊と祖先を怨《うら》んでいる人の霊と土地の霊と動物霊がセットで憑いていると言われました！

いや、私に憑いているかどうかはどうでもいいんだけど（よくないか？）、「見える」人々は、当然のことながら霊に対する世間の認識の間違いが気になるらしい。

そこで今回の本題。「生霊とは、いかなるモノぞや？」

さまざまな見解がありそうですが、とある浄霊師さんいわく、Aさんの生霊がBさんを苦しめていても、今現在のAさんはBさんのことを何とも思っていない場合が多い。つまり、原因が愛情でも憎しみでも、過去にAさんがBさんを思っていた時点での生霊が憑いているのであって、それは現在のAさんとは関係がないということらしい。だから、その生霊を浄霊しても、原因のAさん本人には何の影響もないのだそうだ。

なるほど、そうでなければ困るよね。だって、生霊を浄霊したらAさん本人が死んじゃった……なんてことになるなら、浄霊による殺人も可能だ。しかも完全犯罪？

でも、生霊と言われて私が真っ先にイメージするのは、『源氏物語』の六条御息所《ろくじょうのみやすどころ》の生霊なんだよね。葵《あおい》の上《うえ》に取り憑いて、正気に返ってみると、修法《ずほう》に焚《た》く芥子《けし》の香りが衣に染《し》みついている……。生霊は本人の霊魂そのもので、抜け出ているあいだは夢うつつで、肉体に戻ってはじめて正気に返るわけだ。

というわけで、今回の「斎宮《いつきのみや》の生霊」も、そういう古典的な存在であることを前提にしています。生霊としては間違った表現なのかもしれないけど、悪《あ》しからず。

う〜ん、「あとがき」らしいんだか、らしくないんだか。

最後になってしまいましたが、浅見《あさみ》センセー、大変なタイミングで挿絵《さしえ》をお願いすることになって、申し訳ありませんでした〜。いつもありがとうございます♡

読んでくださる皆さんも、ありがとう。またお会いできると嬉《うれ》しいです。

桜子　拝

宮乃崎桜子先生の「怨呪白妙」、いかがでしたか?

宮乃崎桜子先生、イラストの浅見侑先生への、みなさまのお便りをお待ちしております。
◇宮乃崎桜子先生へのファンレターのあて先
〒112-8001 東京都文京区音羽2-12-21 講談社 X文庫「宮乃崎桜子先生」係
◇浅見侑先生へのファンレターのあて先
〒112-8001 東京都文京区音羽2-12-21 講談社 X文庫「浅見侑先生」係

N.D.C.913　234p　15cm

宮乃崎桜子（みやのさき・さくらこ）

講談社X文庫

4月17日生まれ。'90年に第4回ウィングス小説大賞に選ばれる。著書に「舞夢・マイム・クライム」「鼓動の日」（いずれも新書館／P. N.は高館薫）。「斎姫異聞」で、第5回ホワイトハート大賞を受賞、人気シリーズとなる。趣味は音楽鑑賞（クラシックからロックまで）、舞台鑑賞、スポーツ観戦(観るだけでやらないご隠居様なのだ)。

怨呪白妙《おんじゅのしろたえ》　斎姫繚乱《いつきひめりょうらん》
宮《みや》乃《の》崎《さき》桜《さくら》子《こ》
●
2005年2月5日　第1刷発行

定価はカバーに表示してあります。

発行者——野間佐和子
発行所——株式会社 講談社
東京都文京区音羽2-12-21 〒112-8001
電話 編集部 03-5395-3507
販売部 03-5395-5817
業務部 03-5395-3615
本文印刷—豊国印刷株式会社
製本———株式会社千曲堂
カバー印刷—信毎書籍印刷株式会社
本文データ制作—講談社プリプレス制作部
デザイン—山口　馨

落丁本・乱丁本は購入書店名を明記のうえ、小社書籍業務部あてにお送りください。送料小社負担にてお取り替えします。なお、この本についてのお問い合わせは文庫出版局X文庫出版部あてにお願いいたします。

ISBN4-06-255783-5

講談社X文庫ホワイトハート・大好評発売中！

しなやかな翼の誇り 魅惑のトラブルメーカー　牧口 杏
ライブのように熱く愛しあえばいい。（絵・日下孝秋）

浮《うき》世《よ》奇《あやし》絵《え》草《そう》紙《し》　水野武流
第9回ホワイトハート大賞《大賞》受賞作!!（絵・花吹雪桜子）

吉原《よしわら》花《はな》時雨《しぐれ》　水野武流
優しかった姐女郎《あねじょろう》の死。その謎に吉弥が迫る。（絵・花吹雪桜子）

悪魔はそれをガマンできない　水戸 泉
落ちこぼれ悪魔の選んだ獲物とは…!?（絵・香林セージ）

昨日まではラブレス 東京BOYSレヴォリューション　水無月さらら
——正直な身体は、残酷だ。（絵・おおや和美）

デイドリームをもう一度 東京BOYSレヴォリューション　水無月さらら
〃東京BOYSレヴォ〃シリーズ最終巻!!（絵・おおや和美）

斎姫《いつきひめ》異聞《いぶん》　宮乃崎桜子
第5回ホワイトハート大賞《大賞》受賞作!!（絵・浅見 侑）

月光真珠 斎姫異聞　宮乃崎桜子
闇の都大路に現れた姫宮そっくりの者とは!?（絵・浅見 侑）

六花《りっか》風舞《かぜにまう》 斎姫異聞　宮乃崎桜子
〈神の子〉と崇められ女たちを喰う魔物出現。（絵・浅見 侑）

夢《む》幻《げん》調《ちょう》伏《ぶく》 斎姫異聞　宮乃崎桜子
夢魔の見せる悪夢に引き裂かれる宮と義明《よしあきら》。（絵・浅見 侑）

満天《まんてんに》星《ほしの》降《ふる》 斎姫異聞　宮乃崎桜子
式神たちの叛乱に困惑する宮に亡者の群れが。（絵・浅見 侑）

暁闇《あかときやみの》新皇《しんのう》 斎姫異聞　宮乃崎桜子
将門の怨霊復活に、震撼する都に宮たちは!?（絵・浅見 侑）

燐《りん》火《か》鎮魂《たましずめ》 斎姫異聞　宮乃崎桜子
恋多き和泉式部に取り憑いたのは……妖狐!?（絵・浅見 侑）

諒闇《りょうあん》無明《むみょう》 斎姫異聞　宮乃崎桜子
内裏の結界を破って、性空上人の霊が現れた。（絵・浅見 侑）

陽炎《かげろうに》羽交《はねをかわす》 斎姫異聞　宮乃崎桜子
義明に離別を言い渡した宮。その波紋は…!?（絵・浅見 侑）

花衣《はなのえ》花戦《はないくさ》 斎姫異聞　宮乃崎桜子
中宮彰子懐妊で内心複雑な宮に、新たな敵が！（絵・浅見 侑）

宝珠《ほうじゅに》双璧《たまをならぶ》 斎姫異聞　宮乃崎桜子
邪神は、〈神の子〉宮を手に入れんとするが!?（絵・浅見 侑）

天離《あまさかる》熾火《おきび》 斎姫異聞　宮乃崎桜子
黄泉《よみ》に行けず彷徨《さまよ》う魂。激闘の果てに義明が!?（絵・浅見 侑）

斎庭《いつきにわに》穂垂《ほのたれる》 斎姫異聞　宮乃崎桜子
宮の躰《からだ》を己の器にと狙う邪神の新たな陰謀は!?（絵・浅見 侑）

貴人《あてびとを》花葬《はなにほうむる》 斎姫異聞　宮乃崎桜子
あやめの屍《しかばね》に入り込んだ夜刀神《やつのかみ》の企らみは!?（絵・浅見 侑）

☆……今月の新刊

講談社X文庫ホワイトハート・大好評発売中！

幻月影睡《げんげつのかげにねむる》　斎姫異聞　宮乃崎桜子
夜刀神を封印!!　その器は宮!?　第一部最終巻。（絵・浅見　侑）

うたかた　斎姫異聞　外伝　宮乃崎桜子
光少将《ひかるしょうしょう》こと藤原重家《ふじわらのしげいえ》出家に秘められた恋!!　（絵・浅見　侑）

斎姫繚乱　宮乃崎桜子
斎姫シリーズ、第二部、新展開でスタート!!　（絵・浅見　侑）

積善白花《せきぜんのしろきはな》　斎姫繚乱　宮乃崎桜子
立后《りっこう》目前の女御妍子が失踪!!　宮の推理は!?　（絵・浅見　侑）

火炎藤葛《かえんのふじかずら》　斎姫繚乱　宮乃崎桜子
義明と契ったら、宮の能力《ちから》は失われる!?　（絵・浅見　侑）

龍棲宝珠《りゅうのすむたま》　斎姫繚乱　宮乃崎桜子
義明は長屋王の生まれかわりなのか……!?　（絵・浅見　侑）

☆**怨呪白妙**《おんじゅのしろたえ》　斎姫繚乱　宮乃崎桜子
記憶喪失の義明。長屋王の生まれ変わりか!?　（絵・浅見　侑）

偽りのリヴァイヴ　ゲノムの迷宮　宮乃崎桜子
辺境の星ぼしで武《タケル》と倭《ヤマト》の冒険が始まった！　（絵・汞《みずかね》りょう）

月のマトリクス　ゲノムの迷宮　宮乃崎桜子
廃墟の都市を甦らせる〝人柱〟に選ばれたのは。（絵・汞りょう）

緑のナイトメア　ゲノムの迷宮　宮乃崎桜子
新たな目的地は、突然森林が出現した氷の惑星。（絵・汞りょう）

霧のアルビオン　ゲノムの迷宮　宮乃崎桜子
女装の倭が誘拐《ゆうかい》される!!　捜査する武《タケル》も!?　（絵・汞りょう）

回帰のレジェンド　ゲノムの迷宮　宮乃崎桜子
ついに、ヒンメル博士の正体が明かされる!!　（絵・汞りょう）

雄飛の花嫁　涙珠流転　森崎朝香
愛する兄のため、隣国へ嫁ぐ娘の運命は!?　（絵・由羅カイリ）

扉の書　安田　晶
圧倒的イメージ!!　驚異のハイファンタジー!!　（絵・藤原ヨウコウ）

☆……今月の新刊

X文庫新人賞

●応募の方法

資　格　プロ・アマを問いません。

内　容　X文庫読者を対象とした未発表の小説。

枚　数　必ずテキストファイル形式の原稿で、40字×40行を1枚とし、全体で50枚から70枚。縦書き、普通紙での印字のこと。感熱紙での印字、手書きの原稿はお断りいたします。

賞　金　デビュー作の印税。

締め切り　応募随時。郵送、宅配便にて左記のあて先までお送りください。特に締め切りを定めませんので、作品が書き上がったらご応募ください。

特記事項　採用の方、有望な方のみ編集部より連絡いたします。

あて先　〒112-8001　東京都文京区音羽2-12-21
講談社X文庫出版部　X文庫新人賞係

なお、本文とは別に、原稿の1枚目にタイトル、住所、氏名、ペンネーム、年齢、職業（在校名、筆歴など）、電話番号を明記し、2枚目以降に1000字程度のあらすじをつけてください。

原稿は、かならず通しナンバーを入れ、右上をひも、またはダブルクリップで綴《と》じるようにお願いします。また、2作以上応募される方は、1作ずつ別の封筒に入れてお送りください。

応募作品は返却いたしませんので、必要な方はコピーを取ってからご応募願います。選考についての問い合わせには応じられません。

作品の出版権、映像化権、その他いっさいの権利は、小社が優先権を持ちます。

ホワイトハート最新刊

怨呪白妙《おんじゅのしろたえ》 斎姫繚乱
宮乃崎桜子 ●イラスト／浅見 侑
記憶喪失の義明。長屋王の生まれ変わりなのか!?

邪道 天荒回廊
川原つばさ ●イラスト／沖 麻実也
ティアとアシュレイは再び離ればなれに!?

噓と秘密 メールボーイ
伊郷ルウ ●イラスト／小路龍流
柏崎に言えない事情を抱えた貴巳は……。

龍の恋、Dr.の愛
樹生かなめ ●イラスト／奈良千春
ひたすら純愛。でも規格外の恋の行方は!?

ホワイトハート・来月の予定（3月5日頃発売）

暗夜変 ピストル夜想曲………………青目京子
星と桜の祭り 少年花嫁…………岡野麻里安
風―BLOW― 硝子の街にて⑲……柏枝真郷
Eternal Gurdian ～聖戦士伝説～……平 詩野
封印された手紙 金曜紳士倶楽部2…遠野春日
裏切りへの贈り物………………東原恵実
竜天女伝……………………………森崎朝香
※予定の作家、書名は変更になる場合があります。